FRÈRES ET SŒUR

Olivier Poivre d'Arvor est philosophe de formation. Après avoir été directeur des instituts culturels français d'Alexandrie, Prague et Londres, il dirige aujourd'hui Cultures France. Il a publié plusieurs récits, essais et romans, dont *Le Voyage du fils*, et a créé à Toulouse Le Marathon des Mots.

Patrick Poivre d'Arvor est journaliste et auteur de nombreux romans, dont *Les Enfants de l'aube*, *La Mort de Don Juan*, *L'Irrésolu* (prix Interallié), d'essais (dont *Confessions*, *Aimer c'est agir*) ou de textes plus personnels, comme *Lettres à l'absente* et *Elle n'était pas d'ici*.

Les deux frères ont publié plusieurs ouvrages à quatre mains, et notamment *Disparaître* (Gallimard, 2006).

*Olivier et Patrick Poivre d'Arvor
dans Le Livre de Poche :*

Courriers de nuit

La Fin du monde

J'ai tant rêvé de toi

Pirates et corsaires

Rêveurs des mers

*Patrick Poivre d'Arvor
dans Le Livre de Poche :*

Confessions

Elle n'était pas d'ici

Les Enfants de l'aube

Horizons lointains

J'ai aimé une reine

Lettres à l'absente

La Mort de Don Juan

Petit homme

La Traversée du miroir

Un enfant

Une trahison amoureuse

OLIVIER ET PATRICK
POIVRE D'ARVOR

Frères et sœur

RÉCIT

FAYARD

Ce livre a fait l'objet d'une première publication
aux éditions Balland en 2004.
© Librairie Arthème Fayard, 2007.
ISBN 978-2-253-12413-9 – 1ʳᵉ publication LGF

« *Être amis, être frères, aimer, cela ouvre la prison par puissance souveraine, par charme très puissant. Mais celui qui n'a pas cela demeure dans la mort.* »

Vincent Van Gogh à son frère Théo,
juillet 1880.

NOTE DES AUTEURS

Ce livre s'intitulait originellement *Le Roman de Virginie*. Comme celui de Renard ou de la Rose. On ne sait jamais ce qui est vrai dans un roman et, la plupart du temps, c'est ce qui fait son charme.

Nous l'avons conçu comme un hommage à notre sœur Catherine parce qu'elle est probablement la meilleure d'entre nous, la plus généreuse, la plus folle aussi. Déraisonnée dans ses enthousiasmes, ses engagements. Elle a bien dû changer deux ou trois fois de religion mais sa quête est profonde. Elle aime donner et reçoit donc beaucoup. Catherine morte et ressuscitée, vingt ans après. C'était notre façon de lui dire que nous l'aimons toujours très fort comme nos parents et tous nos fantômes. Et que la famille, c'est sacré.

Trégastel, 20 décembre 2003.

Prologue
Il y a deux cents ans...

Nous sommes le 6 octobre 1781. Au détour d'un coude paresseux de la Saône, à trois lieues de Lyon, le château de La Freta commence déjà à s'affaisser. Ses quatre occupants ne le savent pas encore. Pourtant le sous-sol, de sable et de marne, est truffé de galeries qui relient la demeure aux ruines d'un château fort. C'est dans le boyau élargi de l'un des souterrains que nos quatre personnages s'affairent à une bien étrange cérémonie. Le goût de l'époque pour la divination les a conduits à l'exercice d'une pratique condamnée par l'Église.

Une femme encore jeune est allongée sur une table. Son ventre rond contient avec peine la promesse d'un être. Elle a dégrafé sa robe à hauteur du nombril et offre aux regards des trois hommes un ballon blanc, presque parfait, veiné de bleu. Ils apposent leurs mains sur ce ventre de future mère, en observant fixement le centre et se redressent l'un après l'autre.

Dans leurs yeux, se lit le même amour pour la femme couchée.

« Dans deux siècles, dit le premier, Bernardin de

Saint-Pierre, le monde entier connaîtra ma littérature. Mes deux enfants, Paul et Virginie, ne mourront jamais.

— Dans deux siècles, dit le second, Samuel Dupont de Nemours, le monde entier sera sous ma coupe. Mes entreprises créeront la vie et la mort.

— Dans deux siècles, mes amis, dit le troisième, Pierre Poivre, ma renommée, aujourd'hui supérieure à la vôtre, se sera évanouie. Mais deux usurpateurs viendront, glorieusement, relever mon nom. »

PREMIÈRE PARTIE

Un air de famille
(Jean-Baptiste d'Arvor)

1.

Patrick

6 octobre 1981

Buée, rideaux de pluie, voiture chaude, automne hostile, nous partons enterrer notre grand-père. Il nous attend sur la Côte d'Azur. Périphérique, fleuve d'eau sale qui charrie vers Orly son commerce d'enterrements, de mariages, de rendez-vous d'affaires et d'amour peut-être.

Nous sommes en retard. Olivier n'a pas son billet. Il court. Il est beau mon frère. Il est en représentation pour la journée. Il a mis la mort en scène. Inconsciemment il aime théâtraliser. Moulé, sanglé, botté, ganté beurre noir ; un manteau qui lui va si bien et qui lui ressemble si peu ; ses cheveux dans le dos, sa main qui les dégage du front, ses gestes observés, apprivoisés. Son profil de rapace attendri. Ses vingt-trois ans qui s'enroulent et le tordent ; son adieu trop précoce à l'adolescence et son plongeon dans le grand marigot des vieux crocos et des jeunes caïmans.

Il lui plaisait bien, notre grand-père. Nous l'aimions tous les deux parce qu'il avait de la gloire dans les ailes, des paillettes dans les yeux et des bulles plein le cœur. La vie, jusqu'à jeudi, il l'a avalée goulûment et s'en est bien amusé. Il comprendra à son tour pourquoi, ce jour d'octobre, j'ai eu envie d'être iconoclaste, de me jouer de la mort et de pouffer en douce.

D'abord dire la vérité : Numa Castelain n'est pas notre vrai grand-père. Mais Yella a bien choisi. Elle a divorcé pour le meilleur ami de son mari, comme dans les vaudevilles. Il a volé la femme d'un autre. Ça ne se fait pas mais ils s'aimaient tellement... Il était beau comme savent l'être les aviateurs, les héros de la Grande Guerre. Le colonel avait fait des ravages chez les Allemands, il allait en faire chez les belles dames.

Très forts, très soudés, les deux frères. Il nous manque Virginie, la sœur chaînon-cassé. Elle nous a faussé compagnie, il y a si longtemps : la même race, des yeux qui voient tout ; l'esprit en escalier ; l'ironie au coin des lèvres. Et du haut de notre nuage, nous nous regardions passer tous les trois, sur le trottoir. La malice considérée comme l'un des Beaux-Arts. Avec encore un peu plus de distance vis-à-vis de nous-mêmes et un peu moins vis-à-vis des autres, nous aurions chaviré Paris... Il nous vint, jadis, l'envie de fonder une dynastie, de prendre les postes de commande et de ficher un peu la pagaille... Nos enfants s'en occuperont.

Nous avions de qui tenir ; deux grands-pères, un vrai et un faux, épaulés de nos deux grands-mères chéries. Le premier, Jean-Baptiste d'Arvor, grand-père maternel, mort il y a dix ans, nous terrorisait, nous fascinait. C'est lui qui nous a appris le sens de ce sillon que le second, soufflé comme une bougie la semaine dernière, nous a aidés à tracer en sifflotant.

C'est lui, Numa qu'on vient de faucher à terre. À Nice, à la descente d'avion, un ciel plombé, mollasse, un fond d'air fadasse. Très dignes, deux frères du clan des Siciliens jettent du haut de la passerelle leur regard de mafiosi new-yorkais qui viennent enterrer le Parrain en Calabre.

Toujours courir. Décidément, nous n'arriverons jamais à rattraper ce grand-père qui brûlait sa vie à la vitesse du son. Cette ville me plaît. Elle n'est pas encore tout à fait française. Dans ce Vieux Nice, tout près de l'église, toujours cette même impression de camorra souterraine, sympathique.

Virginie n'est pas là. Par délégation, c'est une femme, la mienne, Véronique, qui nous apportera la douceur, le recueillement et l'émotion. Nous sommes de bons petits-fils mais trop mauvais garçons.

Souvenirs... Avant de s'installer à Monte-Carlo, mes grands-parents avaient longtemps vécu à Nice. Et c'est en m'y rendant que je pris l'avion pour la première fois de ma vie. Nice-Californie, disait-on alors de l'aéroport. Des odeurs de Pacifique en effet, des lumières de stars dans la nuit, des cactus, des palmiers... Pour le petit Rémois de onze ans venu du Nord-Est sévère, brumeux, vertueux, l'illusion de la facilité, de la douceur de vivre... Ma grand-mère qui sentait le parfum de grande marque. Et mon grand-père couvert de casquettes et de décorations.

Yella m'emmenait dans les bars chics, au Negresco laper le luxe, et au Queenie avaler les meilleures glaces de ma vie. Numa, lui, me promenait dans ce Vieux Nice, qui lui ressemblait davantage. Très souvent, nous allions au Marché aux Fleurs, pour honorer sa dame comme aux premiers jours de leur rencontre. Une vieille poissarde, sans doute amoureuse de lui, mais pas rancunière, lui composait les plus beaux bouquets. Non loin de là au mess des officiers, une escapade en douce chez ses vieux compagnons, couturés, bronzés de médailles. Et puis, très souvent, à nouveau le Vieux Nice pour un café arrosé.

Dix heures moins dix. Ça y est. Nous commençons à rire, à nous moquer. Fatigués par un réveil trop matinal et déjà excités par le café, nous nous débridons. Et c'est Numa qui le premier a réveillé notre complicité de frères.
Il nous tire par la manche ; il sait que sa femme et notre père l'attendent à Sainte-Réparate. Comme prévu, Papa, qui a passé toute sa vie en avance d'une vie, fait les cent pas devant le portail. Il ne manque plus que nous. Numa fait son entrée sur nos talons.

Il y a beaucoup de monde. Cela me fait chaud au cœur pour lui, pour elle, pour nous. D'autres l'aimaient, les aimaient quand nous n'étions pas là. Autant dire souvent. Au premier rang, j'ai le nez dans les couronnes, les gerbes. Le maire, l'Amicale, les Anciens…

Du flamboyant, du toc, de l'humble, du plastique, de l'harmonieux, du mauvais goût, de l'amour, de l'amitié, du copinage, du convenu… Yella a fait écrire sur son bouquet : « À mon bien-aimé. » Maman a laissé faire mais n'était pas très pour. Moi, cela me plaît énormément. Les vieux amants de Sainte-Réparate veulent que cet amour se sache très haut, très fort, très longtemps.

Les rangs reniflent. Pourtant, l'arrivée du cercueil ne me tire pas les larmes. Je devrais. Numa ne bougera plus jamais. Et nous continuerons à nous agiter. Je n'ai pas souhaité le revoir avant qu'ils ne le clouent en boîte. Son sourire continuera ainsi à flotter entre ciel et terre. Ma mère, pourtant : « Tu aurais dû le voir, il était très beau et beaucoup plus jeune. » Elle m'avait déjà convaincu d'embrasser une dernière fois son père, il y a dix ans. Mais je n'ai pas aimé ce baiser froid comme l'ivoire à Jean-Baptiste d'Arvor, mon autre grand-père adoré. Cette fois-ci, je n'aurai pas à me persuader que le colonel Castelain est vraiment entre ces dix planches mais plutôt déjà dans l'azur, aux commandes de l'un de ses vieux coucous qu'il a chéris autant que les femmes.

Le sermon, ô le sermon ! Mon Dieu, qu'il lui allait mal. Le prêtre, lui aussi, est une « vieille tige ». Mais comme il parle sans chaleur de mon grand-père d'adoption et de sa passion ! Le pauvre homme, qui fait trois fautes par phrase – des cuirs, disait Numa, qui aurait ricané tout haut ce matin –, commence par les citations militaires. J'y apprends qu'il dirigeait les vols de la Patrouille d'Étampes, ancêtre de la Patrouille de France.

Et puis, cette révélation : « Mes amis, nous dit le prêtre, il y avait chez le colonel une violette, une de ces fleurs rares, humbles et cachées qu'on n'appréhende qu'à l'odeur... Cette violette, ce secret, c'est qu'il était chrétien, profondément chrétien, immensément chrétien... »

Pardi, chrétien je veux bien, c'est même pour cela qu'on l'enterre à l'église, ce matin, mais profondément chrétien... Il ne faudrait pas profiter de son bâillon pour lui refuser tout droit de réponse. Même en cette église, au milieu de cette assistance, profondément, immensément, moyennement ou médiocrement chrétienne, Numa était bon, tout simplement parce qu'il aimait la vie et qu'il n'avait pas envie de distribuer le mal autour de lui. Mais on aurait pu lui trouver d'autres violettes dissimulées, nous parler de l'amour ou des femmes, ou des pieds de nez au monde... Cela ne doit sans doute pas se faire dans les fumées d'encens.

Le meilleur était pour la fin. Le prêtre, renonçant à son texte et à ses cuirs, s'est soudain relevé pour apostropher la salle. Péroraison classique de l'humilité devant la mort, mais avec des accents d'une grande vigueur. Il s'adresse là à des chefs de guerre, une brochette de généraux passés, présents ou à venir. « Que valons-nous face à la mort ? Que valez-vous, vous qui la déclenchez si souvent ? » Les têtes courbées jusqu'alors sous l'ennui ou le poids des souvenirs se redressent. Orgueil des puissants. Quand, à la fin du sermon, il leur a dit « levez-vous », ils ne se le sont pas fait répéter deux fois.

Seigneur, il y avait encore les condoléances... La horde lente dans un cliquetis de béquilles et de jambes artificielles, longue et molle procession escargotesque... Plus alerte, plus roué que le commun des condoléants, le représentant du maire ; une longue habitude des messes d'enterrement l'a conduit à ne jamais se laisser enfermer à la corde. Le conseiller municipal sait comment se dégager, habilement, de la file lente du voyageur dolent ou sans moyens. Il faut faire vite. Un autre enterrement peut-être, un mariage, un ruban à couper, un discours à prononcer, un sourire ou une larme de circonstance. Dans ce parcours du combattant, ce mardi matin, il a même pu doubler sur le fil le suppléant d'un député local, général de son état. Les deux hommes ont fait ce qu'ils avaient à faire. Brefs, efficaces, sans feinte contrition. Ils ont bien représenté leurs maîtres. On ira à leur enterrement.

Derrière, on pleure. On pleure souvent vrai. Cela en fait des amis, une vie de quatre-vingt-huit ans... Des incantations, des frôlements, des collages, des plaquages, des passages, des souvenirs qu'on enfouit ou qu'on exhume... Des messieurs très dignes, des dames très éplorées. Les femmes surtout m'intriguent ici. Numa ? Combien sont-elles à l'avoir connu intimement ? Où sont ses anciennes maîtresses ? Pour certaines, j'en jurerais. À un quart de sourire de l'œil, à un frémissement de narine. Yella, quand même, toutes ces femmes ce matin dans l'église... Tu dois bien savoir, ou deviner et pardonner ?

Leurs maris aussi, sans doute. Ils sont tous là, sincères, effrayés par leur propre mort, par cette répétition à laquelle ils ne cessent de participer depuis le début du crépuscule, abattus par la lecture avide des annonces de décès. Chaque jour, biffer la liste des anciens du collège, du régiment de cavalerie, de l'école de pilotage... Avoir froid, se sentir tout nu, déshabillé de ses souvenirs, de ses amitiés qui réchauffent, de ses valises. Voir doucement la piste s'estomper, les plots lumineux disparaître et se préparer au décollage, celui qu'on n'a pas vraiment voulu, sans plan de vol.

Ils ont de l'allure, ces vieux pilotes, ils ont passé l'âge de grappiller quelques ultimes décorations qu'on préfère réserver à des forces plus vives et plus électorales.

Ils ont encore le goût de l'acrobatie gratuite, de la voltige élégante, de la dernière sortie réussie. Ils sont venus applaudir un des leurs. Numa était un chef. Chef de guerre, chef de cœur. Plus tard, bien après le tout dernier looping, ils l'avaient élu président de leur association, les Vieilles Tiges, un nom qui nous avait toujours fait rire, Virginie et moi. On avait tordu cette vieille tige-là et ce matin, on la mettait en boîte. Virginie n'est pas là aujourd'hui ; Olivier est mon seul complice. Nous ne nous sourions pas mais je sais qu'il se retient.

Embouteillage dans l'allée centrale de la nef. Bousculade de soldats recousus, bringuebalants et mal voyants… Une seule direction : la lumière du dehors, et dans un rai, la Veuve. Quelques petits rusés, comme au snack self-service, savent sauter les hors-d'œuvre, trop courus, pour attaquer directement le plat principal, la colonelle. Nous en serons quittes, fils, belle-fille, petits-fils, pour quelques poignées de main dans le vide. Il en est d'autres, plus métalliques ou moins achevées : le contact troublant d'un moignon sans visage… Plus loin, un homme décidé. Boule de billard, grand uniforme d'apparat, il ajuste son geste : un balancement très étudié du bras droit, un regard qui cloue sur place et une main qui cueille en pleine extension. Premier touché, j'observe ensuite le métronome qui s'empare de toutes les paumes innocemment tendues pour les broyer consciencieusement.

Derrière lui, tout paraît fade et cette brochette de colonels et de généraux prend des allures de corps de ballet. En fin de peloton, un petit bonhomme, cassé, tout lunetté de noir comme un vieux mafioso, tient des propos roboratifs sur Numa. Son aide de camp, qui le talonne, me dévoile son identité dans un souffle : « Général T... » Mon père, à mes côtés, entend et se trompe. Il prend le poisson pilote pour la baleine : « Merci, mon général. » L'ordonnance rougit jusqu'à la racine des cheveux.

Beaux visages de chagrin mondain, de chagrin tout court. D'aussi loin que je les aperçois, ils se maquillent pour l'adieu à l'ancien. Vaguement indisciplinés au fond de la nef, encore chuchoteurs à dix mètres, ils se glacent et se figent lorsqu'ils approchent la Veuve et ses assistants. Théâtre antique à l'image de l'acteur Julien Bertheau, venu saluer une dernière fois son ami.

L'ordonnateur des pompes funèbres vient d'enlever le registre de condoléances. Je les ai vus, les pressés ou les discrets, apposer leur nom et leur adresse en jetant un œil furtif et presque gêné au cortège qu'ils avaient choisi d'éviter. Le chef croque-mort tousse un peu. On sent qu'on va friser l'heure supplémentaire. Ce flirt quotidien avec la mort donne à ces gens des tonnes de culot, une tranquille indécence. Videurs de boîte de nuit, bouchers hippophagiques, éboueurs de quartiers riches...

Sur le parvis éclaboussé d'un soleil de sortie d'école, quelques égarés cherchent du regard une dernière intimité avec la famille. Les traînards quémandent, sans trop l'avouer, une invitation au déjeuner de Brignoles, là où on va enterrer Numa. Ballet de vieilles femmes poudrées, de vieux messieurs très décorés. Soleil d'automne. Autoroute. Bonheur diffus.

Grâce à mon père, nous sommes encore les premiers à l'Auberge du Roy. Jadis, nous arrivions à huit heures dans les cinémas rémois. La séance était à neuf heures moins le quart. Et le film, à neuf heures et demie… Aujourd'hui, on a même dépassé Numa sur l'autoroute. Sous ses fleurs, un seigneur à l'horizontale.

Toujours cette lumière d'octobre. Arrivé à Brignoles, les yeux mi-clos, j'écoute les conversations convenues des nouveaux arrivants. On parle toujours pour dissoudre le malheur. Il faudrait réhabiliter le silence quand on n'a rien à dire. L'air sent bon le cyprès, le parfum et la fourrure, un peu.

La vedette du banquet, ce mardi 6 octobre, 2 heures de l'après-midi, c'est notre grand-mère Yella. Désormais sans compagnon, sans bâton de vieillesse, elle va cheminer seule, émancipée et tellement désemparée…

Ce jour-là, j'ai décidé de lui dire, beaucoup mieux qu'avant, combien je l'aime. Je voudrais la faire rire, sourire. J'y parviens en lui racontant une rencontre trois jours auparavant, chez le coiffeur : Raymond C., propriétaire d'une galerie d'art et, jadis, d'une boutique de mode à Megève. C'est là qu'il a connu ma grand-mère, qu'il prend pour ma tante, tant elle reste jeune dans ses souvenirs. Jeune et belle. Il me décrit, avec précision, les ensembles qu'elle lui acheta, son tailleur de daim blanc, la marque de son parfum... Assurément, la belle Gabrielle faisait grande impression. On me parla d'idylles avec des acteurs. Son passé fut argenté. Il agaçait mes parents mais impressionnait beaucoup ses petits-enfants.

Dernier échange avec le monsieur bien mis. « On m'a dit qu'elle avait divorcé. Est-elle remariée, veuve peut-être ? » Numa était mort dans la nuit. Je ne le savais pas encore.

Yella sourit dans le vague. Je suis fier d'être à sa droite et veux l'emmener dans mon drôle de bonheur.

Abrutie par les somnifères depuis quatre jours, elle se laisse prendre au jeu et rit tout doucement, comme si elle souffrait de gerçures.

Joli cimetière de Provence. Compagnonnage de la mort, des ifs et du ciel bleu. Une tombe qui crie trop fort et dérange les oiseaux, Virginie Poivre d'Arvor, 1947-1968. Il n'y a personne au fond. Virginie est ailleurs. Tais-toi, ma jumelle, cesse de te rappeler à nous.

Les fossoyeurs ont préparé le travail. La dalle est déjà ôtée, impudique. Sur le marbre, deux autres inscriptions. Numa Castelain 1894-1981 ; Gabrielle Castelain 1909-19. On sent bien qu'elle avait envie d'écrire aussi, 1981.

La voilà maintenant condamnée à mourir avant l'an 2000. Elle ne souhaite que cela et son immense chagrin rend encore plus délicieuse sa supercherie de gamine. Elle n'est pas née en 1909 mais en 1902. Toute sa vie, elle aura grappillé les mois, les années pour s'offrir un joli petit magot de départ : sept ans passés à l'as, disparus en fumée. J'aime son mensonge, nos mensonges.

Un vieil ami de Numa, le colonel Colongne, bleu marine et bronzé, prononce un discours magnifique. Les hommes sont droits. Le soleil décline. Nous attendons patiemment le passage de trois Mirage en patrouille chargés d'honorer le souvenir de l'ancien. Ils ne viendront jamais. Le secrétaire général des Vieilles Tiges, qui avait tout arrangé, court d'un bout à l'autre du cimetière, comme pour faire décoller les avions assoupis derrière les cyprès. Mirages-mirages. J'ai envie de filmer cette foule trompée par un ordre mal reçu et qui, décontenancée, ne saura pas nous arracher à Numa.

Ce 6 octobre 1981, à la même heure, Anouar El Sadate tombait sous les balles de ses assassins.

2.

Olivier

8 octobre

Tu as eu tort, Patrick, de laisser le livre ouvert. J'ai toujours pris plaisir à m'immiscer dans tes affaires, fumer tes havanes, goûter tes petits alcools égoïstes et à me parfumer avec tes eaux de toilette. Histoire d'effacer la honte qu'il y avait à accepter, de temps à autre, tes largesses de plus grand que moi : lorsque me trouvant mal vêtu, tu m'ouvrais grandes les portes de tes armoires et que tu m'habillais à ta façon... tu sais, les costumes dont tu t'étais lassé et que, trop larges, je ne portais jamais, des pantalons de flanelle en accordéon sur mes chaussures, dix cravates par visite – alors que je n'en mets que si rarement –, des chemises à col pointu comme sur les pochettes de disques des Beatles, tout un fatras que je remisais au fond de mes placards. Je ne disais jamais non, en bon chiffonnier d'Emmaüs.

Mais aujourd'hui, c'est fini et c'est bien de ta faute. J'arrive de Marseille, du dégoût plein les poches. Le coucou qui te ramène à Paris vient de s'arracher à la piste. Bon vent, good luck, Big Brother... Demain tu seras chez toi en Bretagne et moi je reste une nuit encore sur le Vieux Port de Pagnol. Histoire de brouiller les cartes, de veiller sur la première nuit de l'aviateur en terre. La besogne accomplie, certes, mais à quel prix ! mon beau costume de scène, tu parles : mes gants, largués après l'envol, mon grand manteau, noir parce qu'il est noir et non point parce que c'est jour de deuil, ma cape en parachute. Quelle chaleur sous le déguisement, tu n'as rien connu à Nice, l'air n'y était que poisseux. Mais à Marseille, le soir ! tiédeur fadasse d'une soirée sur le Vieux Bassin, air collant de la sardine, des merguez et des fast-foods, transpirations synthétiques des sorties de bureaux, le parfum musqué de la chair, la sueur des putains d'après six heures. L'odeur de Yella, poudre de riz de vieille dame, est déjà loin.

Je suis en bras de chemise, Borsalino d'opérette. La cravate, juste bonne pour se pendre, ne tient plus qu'à un fil, nœud déserté autour d'un cou un peu trop délicat et blanc pour les quartiers du sexe.

Lorsque je croise l'une de ces femmes, baissant les yeux pour ne point parler (bien que faire l'amour m'eût lavé de cette mort), ma mise n'est guère plus avantageuse : l'œil s'arrête au pantalon, il a craqué, trop neuf dans l'effort fourni pour descendre le cercueil au fond du trou, et s'écrase sur les chaussures boueuses... Lorsqu'on vient de creuser une fosse, les eaux remontent pour baigner la tombe, font des flaques épaisses où disparaissent les pétales rouges des roses et souillent les mocassins vernis. Ô gadoue des charognes.

Adieu Marseille. Je pars en Bretagne rejoindre mon frère. Demain, moi aussi, je jouerai à saute-mouton sur les gros blocs de granit rose de Crech Maneger Noz, face à cette mer où Virginie, Patrick et Olivier passèrent toutes leurs vacances. Ma Bretagne se rappelle à l'enfance par ces sensations de plantes de pieds meurtries.

Quand j'arrive chez toi, Patrick, ce jeudi matin, tu n'y es plus. C'est souvent ainsi. Tu viens de t'éclipser, la trace des pneus dans le sable est toute fraîche, le café tiède encore dans le bol *made in* Quimper au fond duquel mon prénom est peint sur la céramique. Tiens, tiens, te serais-tu trompé ? J'ai toujours mis mes pieds dans tes empreintes (tu as oublié, je suppose, le menu de ma communion, où, la coutume aidant, chacun avait griffonné son compliment. Toi, déjà paternel, tu avais mis : « Pour qu'un jour tu marches sur mes pas. » Quel culot !), conscient qu'à bien des égards, nos pointures n'étaient pas les mêmes. Aujourd'hui encore, dans le parc, je m'embourbe à te suivre, ma cheville est retenue par la magie des traces. Que veux-tu, je suis plus religieux que toi... c'est la vocation des cadets de famille. Tes pas sont trop longs pour les miens et tes jambes n'ont pas exactement la mesure des miennes. Tu files trop vite, Patrick, comme tous les timides. Pour marcher ensemble, je dois prendre de l'avance.

Ce matin de crachin frais du Trégor, d'arôme de pur Arabica et de vieux sel déposé dans ces maisons fermées depuis l'été, je sais que je suis une nouvelle fois en retard sur toi et je préfère me tourner vers la mer, les bateaux démâtés ou dessalés, filer par le petit chemin d'arrière jusqu'à Ploumanach où j'ai laissé ma première vertu chez une crêpière à la chevelure empestée d'huile et de froment. Je retournerai là-bas, dans ta maison aux meurtrières closes face au vent d'ouest, j'y vivrai quelques jours, mettant mon corps frileux dans tes pulls marins, plus chauds que mes gilets de ville. Je chausserai quand même tes bottes pour traverser la baie à pied sec et j'irai saluer sainte Anne au village, avant de me jeter dans les quinze degrés de la plage du Coz Pors. Ce bain d'hiver, un privilège que nous partageons ensemble depuis vingt ans de villégiature bretonne. Saine famille, n'est-ce pas ?

Bien sûr, j'aurais dû te prévenir. Tu ne serais pas reparti. Mais tous ces événements, notre rapprochement si subit pendant ces quelques heures de Méditerranée, le sentiment entre nous d'une énigme jamais posée, jamais résolue (ne sommes-nous pas semblablement timides et pudiques à l'excès ?), ce vide de l'âme sœur qui nous fait défaut, le chaînon manquant dans l'ordre génétique, tout cela m'avait fait oublier que tu puisses être occupé ailleurs ou reparti. À Paris, comme ailleurs, ta disponibilité est relative, mais efficace. Ici, je vais vivre dans tes traces. Déjà ma panoplie de happe-chair maladroit a laissé place à la blancheur immaculée du petit saint : velours et pantalon clair, baskets, ta vieille chemise de tennis, rapiécée comme une toile de chalutier. J'arpente le couloir qui mène à ta chambre le long d'une gigantesque carte du monde, m'accrochant à mon tour aux têtes d'épingles fichées dans le papier pour signifier les endroits de la planète que tu as visités (un véritable hérisson !) et je me glisse dans ces draps que tu viens à peine de quitter.

Je dors comme un enfant soulagé, plus mort en apparence que Numa, partageant avec lui les douceurs d'un au-delà réparateur. Nous traversons presque ensemble (lui sous terre dans les couloirs infernaux des termites et moi insecte bruyant à trop ronfler de contentement) le mur du sang qui nous mène à toi. Dans l'espace laissé par les songes, je revois un peu de la terre de Brignoles, cette tombe vide qu'on charge d'un corps et cette autre là, à jamais vide, bien qu'un nom de sœur y fut gravé. Kierkegaard parle d'une épitaphe en Angleterre : « Ici gît le plus malheureux des hommes. » Lorsqu'on ouvrit la tombe, il n'y avait personne. Virginie, sœur envolée…

Je me suis réveillé alors que le jour disparaissait sur le Dé et les Sept Îles. Je suis immédiatement allé à ton bureau, je voulais t'écrire lorsque j'ai découvert tes pages. Nous n'avons décidément pas la même écriture. Parce que la tienne est franche et lisible, j'ai vu mon prénom perdu entre tes lignes, une dizaine de feuillets à l'encre bleu outremer. J'avais envie de te dire deux ou trois choses, mille en fait – il y a si longtemps que nous ne nous sommes pas parlé, depuis la naissance peut-être.

Ainsi donc ce jour-là, tu m'avais observé, autant que moi je l'avais fait ! Je ne pensais pas que de frère à frère, de toi à moi, la conscience et la vigilance fussent si réciproques. Je te croyais moins attentif. Je sais aujourd'hui que tu connais mes travers, mes pensées et mes rêves, que tu distingues les deux silhouettes : toi plus grand, le cheveu frisé et la mine anglo-saxonne, moi plus trapu, un peu maniaque de ces gestes appris qui ne t'ont donc point échappé. Curieuse révélation, j'existe donc pour toi, tu veilles non loin : la fierté ne se contient plus. Je t'envie de ne point m'ignorer. Il m'avait toujours semblé être le seul à ouvrir l'œil, je ne me révoltais point à l'idée de t'aimer plus que tu ne saurais le faire. Et maintenant ces lettres, m'apprenant que nous sommes pareils, bonheur des retrouvailles, du sentiment de n'être plus seul et désespoir aussi de perdre ma singularité, de découvrir le siamois, la gémellité, la correspondance biologique. Le clonage, le bouturage en série. Car si nos montres ne sont pas toujours à la même heure, nos méridiens sont bien les mêmes. Il va falloir parler de nos communs géniteurs, chercher dans le sang, la communauté. Mais il y a onze ans entre nous, qu'as-tu fait de ces années-là sans moi ? Comme tu as dû t'ennuyer au monde ! et si je puis rattraper onze minutes de retard sur un enregistrement d'aéroport, ces années-là ne s'oublient pas facilement. Bien sûr, il y a l'histoire du lièvre et de la tortue... Je voudrais faire l'économie de cette décennie définitive, être ton égal dans le temps et dans l'espace. Cet enterrement me permet de théâtraliser, comme tu le soulignes avec malice, ce désir d'émancipation, de rattrapage. Les grands événements découvrent aux hommes qu'ils sont avides fossoyeurs : nous recouvrons à la pelle, idées, amis, conquêtes, heures, vertus et parents éloignés. Tant que nous fossoyons, nous savons que nous ne sommes pas fossoyés. Mais toi, le voudrais-je, je ne pourrais te fossoyer, ce serait mourir un peu ; donne-moi des enfants plutôt, puisque je n'en ai guère. Ton fils, Arnaud, est pour moi ce que j'ai été pour toi, un enfant, avec les caprices qu'il vous fait et les prises qu'on a sur lui. Arnaud n'était pas là à Brignoles. Inutile à son âge de voir la mort en face. Dans la chair tendre de l'enfance, les disparitions sont des véroles : désormais, lorsque j'embrasse quelqu'un sur la joue, ce contact un peu fade, je sens toujours sous mes lèvres la peau tendue et froide de la femme de Jean-Baptiste, ma grand-mère Marie, à qui, enfant, dans le faste pompeux et ouaté d'un funérarium rémois, j'avais dû donner un baiser d'adieu.

C'est octobre, et je te retrouve, mon frère, en notre tendre ironie. Soudain je m'amuse à tes côtés, je me dis que mon plaisir est là et que je me suis égaré à le chercher ailleurs. Apporte-moi le réconfort et l'amour du lointain. Nous ne fûmes pas élevés ensemble ; quand mes yeux virent, les tiens étaient portés ailleurs. Tu avais perdu ta sœur, je n'avais pas mérité la mienne. La source se tarit, il n'y eut pas d'autre enfant. Nous ne fûmes jamais trois, du moins je ne me souviens pas de ce temps où cette famille comptait trois promesses. Deux, c'est bien pauvre, si c'est déjà la possibilité du dialogue. Mais nous n'avons jamais parlé de cela, un troisième entre nous obscurcissait nos mots. Une troisième plutôt, morte à vingt ans, quelque part aux États-Unis, sans qu'on en sache plus. Nous sommes des sortes de veufs, en deuil de notre meilleure part, la part de femme. Bien dérisoire est notre prétention à la combler en plaisant à l'autre sexe : si nous avons l'âme sœur, nous n'aurons jamais son cœur. Qu'en penses-tu ?

Aujourd'hui je suis rassuré. Autour de cette table de banquet crêpée de noir, entre les odeurs de poisson grillé – goût fade de chair morte – et le parfum mêlé de la violette que tu évoques, une odeur, un air nouveau est monté jusqu'à mes narines : une bouffée de reconnaissance, une odeur de sainteté, *un air de famille.* Je te regarde, Patrick, c'est étrange, tu me ressembles.

Tu as ouvert le livre, comme on dit qu'on ouvre le bal. Maintenant je m'y engouffre, je vais y mettre mes mots, ils feront suite aux tiens. Je reviendrai. De page en page, nous tisserons notre livre-toile. Bien étrange de se parler comme cela, sans se le dire, en catimini, sur des petits bouts de papiers épars. Sans doute encore un peu la peur de parler à l'autre. Ce livre est un livre double. Moi, je n'aime guère les choses à demi. Ma moitié m'est égale. Ce qui m'importe, c'est toi, mon double.

3.

Patrick

2 novembre

Jour des morts. Nuit de Virginie. J'avais tant envie de te parler, de me confier, de te raconter nos histoires. Bébé Olivier ne savait pas tout de la famille. Avec mes onze ans d'avance, je me croyais irrattrapable mais tu as fini par avoir, comme tout le monde, de la barbe, des amantes et des chocs plein la mémoire. Ta voiture-balai a ramassé tous les souvenirs que j'avais laissés sur la route. Et s'en est trouvé d'autres, qui n'appartiennent qu'à toi.

Écris-moi sur ce livre que je laisserai en Bretagne et que j'irai consulter, de temps à autre. Raconte-moi nos parents, nos aïeuls, nos racines. Dis tes nostalgies, ces gens que j'ai connus comme toi mais plus jeunes ; je te parlerai de mes mythes, de mes stars dans la famille, de ceux pour lesquels, patiemment, j'ai aligné documentation et vérifications. Savais-tu que Maman avait une demi-sœur, que Yella aussi nous a toujours caché une sœur qui vit encore, que Virginie n'est pas morte aux États-Unis comme on nous l'a dit ? A-t-elle au moins existé cette jumelle qu'on avait failli laisser au fond du ventre de Maman à ma naissance ?

Raconter cette famille, c'est se raconter des histoires, c'est raconter des histoires. Je ne sais plus où est le vrai et je m'en fiche. Toute petite fille, Maman avait fait de sa grand-mère – qu'elle n'avait jamais connue – une directrice d'usine. Avec, pour faire chic, un bureau tout en haut de la grande cheminée. Virginie et moi, on a encore trouvé mieux. Grâce à notre grand-père paternel – celui dont on ne parle jamais –, on tenait un véritable directeur d'usine. On l'a rendu complice d'un hold-up dont il fut réellement la victime. On lui a inventé des coiffeuses pour lesquelles il se ruinait. On a imaginé des rues entières de salons de coiffure à son nom et on lui a trouvé une accorte soubrette pour finir ses jours.

La vie réinventée... Yella aussi nous enchantait de ses trouvailles peut-être authentiques. Mes parents s'amusaient de son arrière-grand-tante Des Rois des Champs de Lys. Affublée de son grandiose patronyme, mon aïeule, qui ne s'appelait peut-être que Desrois-Deschamps-Delys, me berçait d'azur, de gueules, de sinople et d'envies de blason. Et toi, Olivier, tu l'avais carrément sacrée Reine des Champs de Lys. Plus jeune d'ailleurs, après des vacances à Monaco chez Yella et Numa, ébloui par la futilité de la relève de la garde d'opérette, j'avais raconté à mes rares amis rémois que j'étais le filleul de Rainier.

Inconstant mais fidèle à mon goût de l'emprunt, je changeai plus tard de parrain et optai pour Saint-Exupéry, dont la veuve était la meilleure amie de Yella. Une lecture plus attentive de la biographie de mon héros me fit découvrir que, mort trois ans avant ma naissance, il lui avait été difficile de se déplacer pour mon baptême. Je me rabattis alors définitivement sur la comtesse de Saint-Exupéry dont je fis ma marraine, avec la complicité de ma sœur, persuadée de ma sincérité et finissant par m'en convaincre*.

On m'appela le Petit Prince. Consuelo de Saint-Exupéry me dédicaçait les œuvres de son mari et les signait d'une étoile que je chevauchais dans mes rêves. Je fréquentais assidûment les chevaliers du ciel grâce à un ami de la famille, Marcel Migeo, qui me parlait de Didier Daurat et d'Henri Guillaumet. Numa, que nous venons d'enterrer, partait avec moi en vol de nuit. Il avait, aux commandes de son avion, abattu le premier – dit-on – un Zeppelin allemand en octobre 1917.

Camarade de Nungesser et de Coli, il me racontait *L'Oiseau blanc* et m'avait déjà fait plusieurs fois traverser l'Atlantique d'est en ouest. Entre les deux guerres, il avait écumé Vienne, Budapest et Berlin et n'eut pas de mal à me convaincre qu'il partait là-bas pour des missions d'espionnage à la conquête d'improbables Mata-Hari.

La plupart du temps, je l'appelais général – il n'était que colonel – et je dus batailler avec Virginie

---

* Olivier à Patrick : Tu ne crois pas si bien dire. En fouillant dans les papiers de la famille, j'ai découvert un sacré trésor. Figure-toi que nous descendons directement de Madeleine de Saint-Nectaire, « femme de guerre », épouse du seigneur de Saint-Exupéry. Henri IV disait d'elle : « Si je n'avais été moi-même, j'aurais bien voulu être ce qu'elle fut... » Et ses soldats brûlaient tous d'amour pour elle, sans que jamais aucun ait pu se vanter d'une caresse déshonnête. Vol de nuit. Vol d'ancêtres...

qui voulait que notre oncle, un maréchal des logis chef, lui fût supérieur en grade.

L'engrenage était sans fin. Parlions-nous de l'époque où il fut chef du cabinet militaire du gouverneur général de l'Algérie et où il reçut, dans sa propre voiture, le général de Gaulle ? Nous en fîmes le préfet tout court et l'ami intime du Général. À vrai dire, il le détestait cordialement et ne dut qu'à une brutale réquisition le prêt de sa Hotchkiss. Le père de Numa, maire de Dunkerque ? Il ne le fut que de Malo-les-Bains, peut-être même adjoint. Notre père, directeur de cabinet du sous-préfet de Reims ? Muni d'une recommandation qui l'embarrassait, il ne franchit même pas les grilles de la sous-préfecture. Directeur de sociétés comme nous l'indiquions en marge de nos premières interrogations écrites ? Il n'était à l'époque que représentant.

Nous ne cessions de brouiller les pistes ; non pour nous pousser socialement du col, mais pour nous inventer des horizons d'envol, pour échapper à Reims qui nous écrasait et nous enfermait. Nous réunîmes nos vacances trégastelloises, nos ascendances bretonnes – les Keraudrun de la douce Laurence, mère de Yella – pour nous interdire à jamais toute racine champenoise. Nous accolâmes le nom du grand-père maternel (Jean-Baptiste d'Arvor) à celui du grand-père paternel (M. Poivre) et nous partîmes vers Paris, qui ne tarda point à capituler devant tant de détermination.

Les grands timides tapissent ainsi leur chambre de fantômes ambitieux. Ce que nous n'arrivions pas à conquérir par les armes, nous l'obtînmes avec Virginie par le charme. Ainsi les mannequins qui m'ont toujours fasciné. Je n'eus aucun mal à faire de Yella – qui tint sur la Côte d'Azur deux modestes boutiques de mode – un modèle de chez Poiret, ainsi d'ailleurs que sa belle-mère Aimée Nouet, qui n'y fut peut-être que première ou petite main… Le mari de la susdite, Léon Poivre, fut « commissionnaire en articles de mode et articles de Paris ». Je l'imaginais rôdant dans les promenoirs des théâtres sur les boulevards, lissant sa moustache et pinçant de l'autre main la taille des jeunes comédiennes. Décidément, nous sommes abonnés aux nippes. L'un de nos lointains ancêtres, Pierre Poivre, dont je sais qu'il te fascine, Olivier, écrivait déjà, il y a un quart de millénaire : « Ma famille est établie à Lyon depuis trois cents ans ; elle est connue depuis ce temps-là dans le commerce de la soierie en gros qu'elle continue encore avec succès. » En réalité, nous dit sa pieuse biographe Marthe de Fels, Pierre Poivre se vante. Son père n'appartenait pas à la haute coterie des soyeux, mais à celle, plus modeste, des passementiers. Hilaire Poivre était marchand-mercier, c'est-à-dire fournisseur de rubans et il nous apparaît dans cette aimable aisance qui caractérise la bourgeoisie commerçante du XVIIIe siècle lyonnais…

Encore un qui se fait valoir… Nous voici donc parés de soie et de rubans pour emballer nos affabulations. Pourtant, notre toc sonne vrai, parce que nous sommes plus vrais que les statues en stuc de ceux qui naguère nous donnaient des leçons d'humilité ou de naissance. Il me plaît que nous nous mentions ; nous sommes les seuls à retrouver nos traces. Il me plaît d'imaginer qu'aujourd'hui peut-être, dans une autre vie, Virginie épouse un prince russe en écoutant Rachmaninov sur les bords du lac Léman.

Tu me manques, Virginie. Le secret de ta fuite m'obsède et je ne puis en parler qu'à ce frère qui me sert aujourd'hui de sœur.

4.

Olivier

15 novembre

J'aime bien tes jeux de lumière. Notre mémoire n'est pas commune, mais onze ans plus tard, j'ai connu les mêmes feintes que toi et que tous les enfants du monde. Yella et Numa avec leurs prénoms d'opérette aimaient le bluff, les célébrations militaires, le compliment officiel, la flatterie de mess d'officiers, le rond de jambe et le pavois des armées. Mais Numa, tu l'as dit, bien qu'adopté, n'était qu'un faux grand-père.

C'est à Reims, dans la ville de Jean-Baptiste d'Arvor, que notre imagination, sevrée entre quatre murs, a décidé son envol. Que nos pieux mensonges ont pris racine. Cette ville que nous avons tous les deux quittée à quinze ans, je vais y retourner. Pour comprendre. Comprendre les affabulations sans conséquence et les mensonges cruels. Virginie n'est pas morte aux États-Unis, dis-tu ? Vous êtes allés, cette fois, trop loin…

Reims, tu te souviens, Patrick ? notre exil à nous, une proscription sans gloire particulière. Pourquoi nous sommes-nous abattus ici ? Une famille étique qui vit là par hasard depuis la guerre sur les décombres relevés de la cathédrale des rois de France, dans la moisissure des caves Pommery et le salpêtre des souterrains de 14-18... j'ai vécu là, à ta suite sans le savoir vraiment, quinze années austères et je n'ai de cesse pourtant, depuis que je m'en suis enfui, d'embellir cette résidence. Il y avait les Jésuites, grands attoucheurs devant l'Éternel, chez qui j'ai fait un bref séjour : sans doute notre père, élevé chez les Eudistes, pensionnaire à huit ans au collège Saint-Jean-de-Béthune à Versailles, avait-il gardé quelques bons souvenirs de cette pieuse éducation ? Mais ma fierté est ailleurs, dans l'école publique au préau pisseux et au tas de charbon, dans les grands lycées laïques à l'odeur javellisée qui gagnait jusqu'à l'avenue Jean-Jaurès. Jaurès, c'est notre côté socialiste, pacifiste, le versant maternel qui tempère les penchants Croix-de-Feu des Poivre. Après le passage chez les soutanes tourmentées, je fus placé au lycée de filles, qui devenait mixte cette année-là. Tu imagines l'impression qu'a pu me faire ce vaste gynécée bruyant, ouvert pour la première fois aux jeunes garçons : découverte des senteurs de poudres à maquiller, étonnement devant ces premiers rouges à lèvres et vernis à ongles... Virginie, ta jumelle tellement émancipée qu'elle avait disparu pour toujours, ne m'avait pas encore donné le goût des adolescentes peintes.

Je me fais volontiers condisciple, a posteriori, des potaches géniaux du *Grand Jeu* qui hantèrent, il y a plus de quarante ans, ces bâtisses et ces classes mortes d'ennui. À qui me conteste ces fréquentations, il me semble que je pourrais fournir dans l'heure une de ces photos posées de lycée (je ne te parle pas de celles du valeureux Stade de Reims sur lesquelles Kopa, Piantoni et Fontaine m'entourent) où, coincé entre Roger Gilbert-Lecomte pas encore opiomane et René Daumal, déjà génial, je fais un sourire à mon camarade Roger Vailland. Certainement le petit Roger Caillois, lui aussi rémois comme Colbert et Gobelin, était-il en ce temps trop jeune pour figurer dans notre promotion !

Aussi, tu l'imagineras facilement, tes mythologies m'ont fait sourire... toi aussi, quelques années plus tôt dans les mêmes salles d'étude, tu t'inventais des paternités fabuleuses, pour regarnir un arbre généalogique plutôt chétif. Si ton sapin de Noël ploie sous les rubans empruntés, les fictions de cadeaux et les boules multicolores, le mien aura de quoi te surprendre.

Pêle-mêle, l'imagination de l'enfant se dévide. Par exemple, ce grand-oncle Magnier, dont notre père rappelait aux jours de fête les brillantes amitiés de Louis-le-Grand : Raymond Poincaré, futur président de la République, et Baudrillart, bientôt cardinal et grand prélat de France, devenaient, grâce à lui, des familiers de toujours. À dix ans, tout contre *L'Armée nouvelle* de Jean Jaurès, je découvrais, dans la bibliothèque familiale, un épais recueil d'alexandrins, préfacé par ce Mgr Baudrillart et signé du nom de l'oncle mythique. Cette *Éternelle Bataille* – du Hugo revisité – tout à la gloire de l'Église catholique était dédiée à quelques grands noms : Foch et Pétain, maréchaux de leur état, Daudet (Léon, bien sûr), Maurras et Poincaré, Castelnau.

Des légendes emmêlées qui circulaient sur cet oncle prestigieux, j'en retins une autre, pour mon plus grand ridicule : maître Magnier était, disait-on, cousin de Nourrit, grand éditeur de l'époque qui l'avait publié, avant de s'associer à un certain Plon. Dès que je fus en âge d'écrire – et de publier –, je filai à Paris, fort de cette recommandation aléatoire. Je me présentai, ignorant tout des usages du microcosme parisien, au siège des éditions Plon, 8, rue Garancière. À la secrétaire, je me fis solennellement annoncer : Olivier Poivre d'Arvor, cousin de M. Nourrit. Les portes restèrent, comme pour Rastignac en ses débuts, hermétiquement closes tandis que mon manuscrit était enregistré parmi une centaine d'autres. Nourrit était mort, il y a des lustres. Quant à Plon, sa maison avait été rachetée par le groupe des Presses de la Cité.

Tu n'ignores pas non plus cette tradition, Patrick, qui fait des présidents de la IIIe République les intimes de la famille. Je passe sur Millerand qui fut certainement le camarade de classe d'un de nos aïeuls, pour m'arrêter un instant à Paul Doumer. Une lettre de la Présidence, signée du directeur de cabinet, est dans nos papiers : on y apprend que Jean-Baptiste d'Arvor, notre cher poète de grand-père, sera reçu au palais de l'Élysée, le 6 mai 1932... La modestie des nôtres, qui ne m'avaient jamais entretenu de cette audience au sommet avec le chef de l'État, me paraissait exemplaire... Je cherchai dans la biographie de Doumer quelques explications à ce silence, qui ne pouvait être que diplomatique. Ce jour-là, son emploi du temps était barré d'une grande croix noire : le 6 mai 1932, il était assassiné par Gorguloff... j'imagine notre poète, tout à son cycle napoléonien, venu de Reims présenter ses alexandrins et ses hommages au chef suprême et attendant à la gare de l'Est le premier train en retour...

Mais il y a plus glorieux, mon frère : un autre assassinat, deux ans plus tard. J'étais à Marseille, il y a quelques jours, et je crus revoir la scène, détaillée mille fois les dimanches après-midi de peu de gloire rémoise.

Une Delage d'apparat traverse la Canebière sous les vivats de la foule : à son bord, Alexandre Ier, roi de Yougoslavie en visite à Marseille et désireux de fleurir le monument aux poilus d'Orient ; à ses côtés Barthou, alors ministre de l'Intérieur, et un général médaillé. Le cortège officiel arrive, en ce 9 octobre 1934, au coin de la rue de Paradis : un homme s'extrait de la foule des curieux, saute sur le marchepied de la voiture présidentielle et tire trois coups de revolver en direction de ses occupants. Un chacun. Le roi s'écroule, terrassé, sur Barthou se vidant de son sang. Le colonel Piolet, à cheval, a juste le temps d'assommer le terroriste oustachi, Vlades. La troisième balle n'avait pas atteint son but.

À qui était-elle destinée ? À notre cousin par alliance, le fameux général Georges ! (il paraît que Churchill en dit du bien dans ses *Mémoires*...). Georges, second des armées françaises après Gamelin, dit le Général-la-Défaite, fut le seul rescapé de cet attentat historique... Tu crois peut-être que je fabule ? Va voir, conservée dans une vitrine du musée des Invalides, sa tunique trouée comme une passoire, sur sa peau de vieil éléphant. Et si après cela tu ne crois pas en Dieu, va, je t'en prie, sur l'esplanade des Invalides : tu y verras peut-être le fantôme de notre père, distribuant à quatorze ans *Brumaire*, le journal du *Parti bonapartiste*, qui annonçait régulièrement en 1936, sous la signature du prince Napoléon, le retour de l'Empire...

5.

Patrick

23 novembre

Toujours Virginie... Tu rôdes à Reims, je furetais en Auvergne. J'avais voulu retrouver le terroir grand-maternel. Marie, notre bonne grand-mère rémoise, était née à Évaux-les-Bains, dans la Creuse. Jean-Baptiste, son mari, à une vingtaine de kilomètres de là, dans le Puy-de-Dôme, à Pionsat. Marie et Jean-Baptiste, dans l'Évangile, la naissance et le baptême... Ces deux-là, les nôtres, s'adoraient. J'ai le souvenir d'un Jean-Baptiste encore vigoureux. Tu ne connus, Olivier, que sa fin, où paralysé et refusant le sort, il rudoyait sa femme de son extrême exigence. Nos mémoires ne se décalquent plus bien.

J'aimais aussi l'empressement de Marie. Handicapée par son embonpoint, elle accourait au moindre coup de sonnette de l'infirme et faisait craquer les longs couloirs gorgés de moquettes, lourds de sombres bibelots et de meubles ventrus. À l'étage supérieur, nous nous faisions parfois rappeler à l'ordre par la canne de Jean-Baptiste contre les tuyauteries de chauffage lorsque, avec Virginie, nous nous laissions aller à des jeux trop bruyants. Marie aussi savait mettre fin à nos parties de football dans le couloir : elle appuyait sur le bouton de l'ascenseur pour simuler le retour de Maman. Là où tu es, Virginie, tu n'as pas oublié ce jour de panique où tu me sauvas des rigueurs maternelles en t'accusant du bris d'un vase bon marché rempli de fleurs séchées. Encore mon foot… J'avais fui comme un dératé, soucieux d'accumuler les kilomètres entre mon forfait, son châtiment probable et moi, je m'étais élancé en Solex vers Charleville. Une manie. Dès que ça n'allait pas, je me disais « allons voir Rimbaud » et je ne dépassais jamais les faubourgs de Reims. Cette fois-là, désespéré, je restai une bonne heure sur ma selle. Il m'en eût fallu trois fois plus. Penaud, le coccyx douloureux et le vague à l'âme, je fis demi-tour après avoir franchi la Suippe, bien avant Rethel, et je me préparai à la pénitence. Rien ne vint. Virginie s'était accusée à ma place. Et voilà maintenant que je la tue en la ressuscitant. Longtemps, j'ai maintenu avoir été cet après-midi-là sur la tombe de Rimbaud. Je me suis rattrapé depuis.

Sur les routes d'Auvergne, je raconte tout cela à mes enfants qui m'ont accompagné en pèlerinage. Je parle à Arnaud de ma passion pour le foot en chambre, de la grande époque du Stade de Reims, de mes imitations des cris du public et de mes attentes devant la fenêtre face à la terrasse et au mur de la nuit, les soirs de match en nocturne. Grâce aux clameurs du public, j'essayais de suivre l'évolution du score et le lendemain, au petit déjeuner, je comparais mes prévisions au résultat dans *L'Union* que j'étais allé chiper sur le palier de Marie-Mamie. Pour Solenn, j'évoque les poèmes que je composais pour la fête des mères et qu'en tremblant je soumettais à Jean-Baptiste avant de les offrir à Maman. Il ne me parlait jamais du fond, qu'il laissait à mon imagination, et ne me passait aucun alexandrin boiteux... Il m'arrivait de pleurer en remontant à la maison mais rien n'égalera jamais ma fierté quand il me complimenta pour le poème interminable que j'avais consacré à l'année 1959. J'avais été violemment secoué par la catastrophe de Fréjus et mon émotion lui plut.

Deux ans auparavant, le 16 décembre 1957 – j'avais dix ans –, il me dédicaça une plaquette de poèmes qu'il m'avait promis de faire imprimer et de me remettre. « Ceux-là, écrivait-il, conviennent à son âge et à sa jeune âme... Qu'il les conserve et les transmette à son tour aux siens comme un legs d'esprit dans sa race. » Cette plaquette de trente poèmes, le seul livre qui fut jamais édité de lui, je le conserve pieusement : Jean d'Arvor, *Poèmes de Gloire et de Foi*, éditions Subervie, Rodez... Ces éditions Subervie qui ne furent jamais supplantées sur mon échelle des valeurs que par la NRF, la Pléiade et le Livre de Poche. Tu n'étais pas encore né ce jour-là, Olivier. Si mes calculs sont justes, tu venais à peine d'être conçu, deux mois auparavant, mais je sais que ce petit volume jauni fut pour toi comme pour moi l'orgueil de la famille, le signe de reconnaissance d'un libérateur de l'ennui rémois. C'est lui qui nous donna l'envie de monter à Paris, à défaut de Rodez, et d'arroser le pavé de la capitale de notre littérature. Un jour, nous appellerons Virginie, tout là-haut, et je vous ferai écouter le seul enregistrement que j'aie gardé de Jean-Baptiste sur mon magnétophone. Je lui avais demandé de me réciter l'un de ses poèmes et il avait choisi le plus pompeux de ses quinze sonnets pour la cathédrale de Reims :

C'est Messe des grands jours !... Messe Cardinalice !
L'autel illuminé brille comme un Thabor
Le prélat revêtu de sa chasuble d'or
S'apprête à célébrer le divin sacrifice...

L'auditoire frémit sous l'élan de sa foi
Et quand l'Agnus Dei s'élève, angélique,
C'est la communion du peuple et de son Roi !

Suivent deux strophes, mille sonnets de cette eau-là.

Un bonhomme de légende. À Pionsat, dans ce long village pluvieux, j'essaie d'imaginer son enfance, il y a un siècle. Son père, Ferdinand-le-noceur, avait très vite quitté le domicile conjugal, son épouse Marie-Alexandrine et ses petits ; Georges, le préféré, et Jean-Baptiste, le souffreteux. Marie-Alexandrine à son tour, pour subvenir aux besoins de ses enfants, partit au Brésil comme gouvernante des neveux de l'évêque de Clermont : deux années à Rio alors que notre grand-père n'avait pas cinq ans. Je te raconterai son histoire. J'ai retrouvé des lettres de cette femme qui, cent ans avant Virginie, avait voulu briser ses chaînes. Sa correspondance m'a serré le cœur. Et j'ai pensé à ce petit grand-père en culottes courtes, orphelin, recueilli par une grand-mère qui ne l'aimait pas, Rosalie Desmaroux. Parfois, enfant, en prenant mon petit-déjeuner, j'imaginais face à moi mon double, Petit Chose en blouse noire, buvant du bout des lèvres le bol de ce lait de chèvre qu'il haïssait. Maman m'avait raconté que le jour de sa communion solennelle, il n'y avait pas eu de déjeuner à la ferme Desmaroux. En rentrant de l'église, il avait retrouvé son repas sur une brique. Pour tout fuir, il quitta Pionsat à douze ans, partit sur la grand-route de Lyon avant d'atterrir à Clermont pour travailler quelques années plus tard à l'usine de caoutchouc Bergougnan. Caoutchouc, Manaus, Alexandrine au Brésil et ces liens de latex qui nous collent à la peau : notre père représentant en chaussures, mon goût pour le cuir et le caoutchouc, et cette odeur…

6.

Olivier

23 novembre

Je chope l'odeur au bond et je me glisse. Du caoutchouc, il y en avait même dans les alexandrins. Notre grand-père écrivait tous ses poèmes au dos des bons de commande de la « Manufacture nantaise et armoricaine de Caoutchouc (tuyaux, tubes, joints, tapis, talons, tennis, etc.) », manufacture à l'emblème colonial d'un Noir incisant l'hévéa et dont le fondateur, directeur et unique employé fut… Jean-Baptiste d'Arvor. Ouvrier corroyeur à quinze ans, il écrira un jour à Antoine Pinay, alors ministre des Finances : « Nous avons pratiqué le même métier de ce cuir, si dur à travailler mais moins dur à manier que la rétivité des hommes. » L'homme aux hanches soudées par la mauvaise typhoïde de Marseille sait de quoi il parle : il n'était guère souple ! Procédurier et dominateur, notre grand-père bombardait les personnalités du monde politique et culturel de lettres saugrenues où l'audace frôlait parfois l'incorrection. Mendès France répond en quatre mots à chaque note interminable que son camarade de parti (républicain radical et radical-socialiste…) lui envoie au sujet de la hausse de l'or, de l'Algérie, etc. De Gaulle le félicite pour son ode à la « Marseillaise libérée », poème dénonçant la collaboration. Ce qui n'empêchait pas notre homme de « lettres » de correspondre en mai 37 avec le maréchal Pétain pour lui demander une préface à un recueil de poèmes. Le 11 juillet 40, il lui fait parvenir un livre de Paul Doumer : « Je retiens votre message et en fais part à ceux qui, dans le gouvernement actuel, désirent redonner à la jeunesse la confiance dans la vie grâce à une éducation empreinte de droiture, de sacrifice et d'honnêteté », répond le maréchal. Et quinze jours plus tard, comme Pétain n'a pas restitué le livre prêté, son correspondant se fâche, se fait gaulliste sans tourner le bouton de la BBC et finit par écrire l'étonnante « Marseillaise libérée… ».

Je te rends la plume, Patrick. Je passais à Trégastel et j'ai trouvé bon de glisser mes mots dans les tiens, de te raconter un peu des humeurs de ce poète qui, infirme lui-même, avait déposé un jour le brevet du « talon tournant », prothèse pour handicapés des jambes, en pur caoutchouc bien sûr ! Virginie en a beaucoup ri. Voilà mon frère, je ferme la parenthèse.

7.

Patrick

23 novembre, encore

Non, non, Olivier. Ne la referme pas tout de suite, grâce à toi, je comprends mieux cette manie de la correspondance de luxe, rue de Talleyrand. Figure-toi que Marie, sa bonne Marie, avait pris les travers de son époux. En 1967, à ma sortie sans gloire de Sciences-Po, elle essaie de mettre mon destin sous enveloppe en me « recommandant ». Deux lettres, pas plus : à Giscard et à Mitterrand. Aucun d'entre eux n'était alors au pouvoir. Elle avait du flair.

Mais à vingt ans, on veut faire son chemin tout seul. Surtout quand on est le petit-fils de Jean-Baptiste. Il avait douze ans lorsqu'il gagna la grande ville pour y faire fortune et j'envie son courage. Depuis, tout s'explique. Son ascension sociale, sa fréquentation des plus grands, son amour autodidacte des belles-lettres et des belles reliures, ses quatre médailles d'argent décernées par la Société nationale d'encouragement au Bien, ses trois de vermeil et ses deux de bronze, son orgueil insolent : 5 juillet 1933, réponse à la lettre du secrétaire général de l'Académie nationale de Reims qui venait de le féliciter pour une mention à leur concours de poésie (pas de prix cette année-là).

Monsieur le Secrétaire général...
J'ai été très sensible à l'honneur...
Puisque le jury du concours n'a pas jugé devoir accorder le Prix cette année aux œuvres présentées, c'est très certainement parce qu'il les a estimées trop médiocres et, dans ces conditions, il n'y a aucun réel mérite à être cité et désigné.
Je vous demande donc de ne rien faire en ce qui me concerne et pour les pièces de mon envoi. Je viens d'obtenir, pour d'autres ensembles poétiques, les prix et diplômes d'honneur aux concours plus importants des jeux Floraux de Touraine, de Bretagne, des Violetti Normands et de l'Académie Numidia d'Algérie et je considère que votre mention ne pourra qu'affaiblir ces différentes récompenses.
En vous renouvelant mes remerciements, je vous prie...

Jean-Baptiste d'Arvor

Tu me fais sourire, cher poète froissé, quand tu éprouves le besoin d'adresser un sonnet à la gloire du parapluie à la Chambre syndicale des détaillants-spécialistes en parapluies, ombrelles et cannes, qui, rougissant d'un tel compliment, te promet d'insérer le poème dans le prochain numéro de son bulletin... Et que dire de l'hommage qui t'a été rendu en 1944 sur la scène étriquée du *Familial*, ce vieux cinéma où je vis, vingt ans plus tard, *Le Jour le plus long* ?... Ce soir-là, un certain Valentin Solmy, qui semblait alors fort en vogue, interpréta deux de tes poèmes primés par le Syndicat des journalistes et écrivains (soit dit en passant, son président, Robert Morche, t'adressa un délicieux petit mot : « Vos essais ont été très remarqués. Qui êtes-vous exactement ? Un écrivain, un journaliste de profession ? Non, n'est-ce pas ? En tout cas, vous possédez un beau talent. N.B. : Tout ceci par confraternité littéraire et à titre officieux, en marge de la notification officielle »). Hé, hé ! Jean-Baptiste. Supercherie ? Toi aussi ? Te voilà en tout cas maintenant doté de deux petits-fils qui occupent la place et qui essaient de te représenter dignement dans la profession.

J'aime notre révérence de petits-fils, notre incapacité absolue de juger de la qualité de ce que tu écrivais et notre admiration sans retenue pour le patriarche barbu qui ressemblait à Victor Hugo et qui, à la force du poignet, avait fondé plus qu'une famille, plus qu'une dynastie, une race. Je me souviens des tiens, réunis pieusement un petit matin dans la Chambre rose (tu dormais dans la Chambre verte et nous ne voulions pas troubler ton sommeil) pour écouter, autour du seul poste de radio de la maison, une émission qui t'était consacrée sur Radio-Auvergne. En fait d'émission, il ne s'agissait que de la lecture déclamatoire de l'un de tes poèmes. Et en fait de poème – une histoire de bœuf sous l'orage –, nous n'eûmes droit qu'à un lamentable crachouillis. Pardi, écouter, de Reims, Radio-Auvergne à 7 h 30, il fallait avoir la foi ou les oreilles de l'amour ! Tu étais notre héros, craint et admiré. Jean-Baptiste d'Arvor, homme de lettres… Des lettres que je déchiffre pour comprendre nos secrets et que je transmettrai à tes arrière-petits-enfants pour les aider à se faufiler dans notre sillage.

8.

Patrick

24 novembre

Encore moi, Olivier. Avant que tu ne repasses par la Bretagne déposer ta contribution à nos recherches, j'ai voulu que tu saches combien j'avais été heureux de te retrouver ainsi. Et même tout simplement de te retrouver. C'est si pudique un homme, si maladroit un frère. Nous avons écrit ce que nous n'arrivions jamais à nous dire. Et quand tu me liras à ton tour, tu plisseras les yeux, tu passeras une fois de plus la main dans tes cheveux et tu n'auras pas besoin de parler à notre prochaine rencontre.

Il nous aura fallu Virginie pour nous toucher enfin. Un mensonge de plus, une fiction peut-être pour nous sentir complices. Ces onze ans de différence, j'ai bien cru que tu n'arriverais jamais à les rattraper. Et puis, le mois dernier, dans l'église Sainte-Réparate, au détour d'une tendre ironie, j'ai compris que nous allions enfin pouvoir naviguer de front. J'ai senti dans tes pages l'écho de ton rire ; tu as vibré aux mêmes faux-semblants, aux mêmes jeux d'ombre et de lumière.

C'est pourquoi ce soir, au retour de mon étape du Puy-de-Dôme, je peux te livrer une lettre qui me brûlait le cœur. Mon fils était à mes côtés. Les deux petites filles s'amusaient dans le cimetière de Pionsat. Arnaud ne savait pas ce qui m'agitait, ce qu'à toi seul je vais confier. C'est une lettre de Jean-Baptiste à un ami. Lettre morte, puisque jamais adressée. Avait-il seulement désiré l'envoyer ? Dans un premier temps, c'est évident. On ne s'écrit pas à soi-même une confession aussi déchirante. Mais Jean-Baptiste l'a relue et maintes fois raturée. C'est peut-être ce qui l'a décidé à la garder.

Je n'imaginais pas qu'on pût écrire ainsi, penser ainsi, souffrir ainsi, il y a soixante-dix ans, pendant Verdun. Je n'ai pas changé une demi-virgule ; j'ai voulu ne point en gommer l'emphase et parfois la confusion. Signe d'un immense désarroi. Trois ans plus tôt, une typhoïde le rendait infirme. Il n'avait pas encore rencontré Marie et devait souffrir de la compagnie de sa première femme. Mais ce ne sont que pauvres explications de petit-fils amoureux de sa grand-mère.

Sache simplement qu'il avait trente et un ans – l'exact mi-chemin de nos deux âges – et qu'à trente et un ans, je me suis senti aussi perdu que lui.

Mercredi 4 heures

Octobre 1916

Mon ami,
Je m'ennuie mortellement ; ce temps pluvieux, ce vent, ce ciel sombre, préludes d'automne, m'attristent

profondément. Quand le grand soleil disparaît pour baigner d'éclatantes lumières, d'autres contrées, quand avec lui s'en vont les cris d'oiseaux, le bruit de leur vol, quand s'efface l'admirable coloris du printemps, si tendre, si frais, si calme et la vaste polychromie d'été, où la feuille se tord d'or sous le feu, où déclinent les verts changeants des feuilles, quand le ciel lui-même perd sa fine couleur d'éther, si suave, si profonde, si douce. Quand ce tout magnifique, chaleur, lumière, couleur ! s'enfuit, l'âme s'accable sous l'aspect frileux et plein d'ombres d'un hiver proche.

Une terreur ambiante, un désolement vous prend et c'est ce qui aujourd'hui me terrasse ! À cela vous savez trop l'aspect intérieur de mon âme pour ne pas deviner combien sont tristes les heures que je passe dans ma solitude.

Je n'ai pas la force de vivre, pas le courage de mourir ! Je ne puis espérer voir mieux ni croire à la vie lointaine d'ailleurs. Pourquoi vivre alors, pourquoi mourir ? Et quoi faire, quoi répondre devant cette double désespérance !

Singulier état d'équilibre que celui d'une telle existence qui ne voudrait pas se prolonger et qui a horreur de finir !

Rien n'est joie, nul lien n'est bonheur ! Ici c'est la réclusion dans un caveau où le silence même n'est plus un bienfait ; c'est la prison et non l'exil, la captivité avec geôlier muet, mais geôlier quand même.

Je souffre et m'exaspère ! Je voudrais être seul, seul pour qu'aucun contrôle ne puisse être exercé sur ma vie ; que si cette vie est souffrance, je puisse au moins sans témoin exhaler mon chagrin, mon martyre et que la consolation puisse me venir librement, comme moi librement aller chercher l'oubli.

Oh que cette maison est lamentable ! Une toute petite vie s'ébat au milieu de deux existences qui meurent atrocement ! Je me sens devenir fou ici et l'idée de mort me hante parce que je n'entrevois pas la paix, la délivrance ! Parce que tout le passé est une chaîne et que j'y suis rivé, rivé dans mes obligations et dans ma pensée !

Ah ! si encore, la fortune me souriait, si je n'avais pas d'appréhensions sur l'existence de demain, si mes affaires allaient bien et que je sois assuré d'un revenu inchangeant, alors je pourrai me distraire, aller au moins à quelques fantaisies, quelques heures d'oubli doré mais tout m'accable, tout me force à rester là où mon cœur souffre et s'horrifie. Cet état de torture m'enlève tout sentiment de devoir. Je n'ai plus qu'un cri d'égoïsme affreux : je souffre ! Et pour fuir cette souffrance, je voudrais partir et même mourir !

Je cherche l'oubli comme le corps accablé cherche le sommeil et le sommeil me fuit, l'oubli ne se fait pas, je passe mes nuits, mes jours à ce travail de raisonnement me disant : « C'est fini, ne cherche plus de joie, vis, ou décide-toi à mourir. » Et la nature, l'amour de vivre m'enlèvent mon jugement ; je combats pour un moyen terme, je cherche à devenir indifférent ; vains appels, vaines théories que ma nature et mon cœur repoussent.

Et moi qui repousse près de moi la compagne que je ne puis aimer, j'appelle la femme pour l'amour et la caresse qui endorment et apaisent. Et quand la vision naît, je vois avec horreur que le rêve est impossible, que partout c'est souffrance et que je suis maudit.

Tout mon désir souffrant et pitoyable recule devant mon honnêteté et tristement il me faut plaider contre mon cœur, repousser ce qui m'attire, couvrir mon âme d'un voile noir et dire : « Fuyez » à qui j'appelais hier !

Comprendrez-vous, ami, cette horreur de vivre dans de tels débats. Comprendrez-vous que lorsque vous apparaissent les vingt ans, l'adolescence, avec toute la fougue, toute la beauté des jeunes et que vous savez que ces vingt ans ont passé à côté du rêve sublime d'amour seul et éternel, comprendrez-vous qu'on puisse être désespéré et désirer mourir !

Hélas ! hélas ! que de logique édifiée pour la douleur et l'idée de mourir ; le mot de Lucrèce se poignardant : Petet non dolet « Cela ne fait pas de mal » et le geste de Pétrone et de Socrate ne sont-ils pas des exemples suffisants ? Pourtant tous trois avaient un sujet sublime de mourir : Lucrèce mourait parce que souillée et outragée. Pétrone devançait l'arrêt de Néron et mourait en beauté ! Socrate acceptait la loi.

Mais mourir pour échapper à l'horreur de la vie, quelle triste sortie.

Je vous laisse, ami. Ma conclusion, ma lettre elle-même sont tristes ; pardonnez-moi et sachez-moi gré de vous avoir écrit quand même. C'est une preuve de pensée, d'affection et de confiance.

Affectueusement, votre Jean-Baptiste.

9.

Olivier

« *Mourir pour échapper à l'horreur
de la vie, quelle triste sortie* »... *et toi
qu'as-tu fait, Virginie ?*

27 novembre

Je suis retourné aujourd'hui à Reims. Ai lu la lettre de notre grand-père. Pleuré presque. Il n'y a toujours pas de rue Jean-Baptiste-d'Arvor, même dans les ZUP périphériques. On ne me reconnaît pas trop. Pas plus le concierge de notre immeuble de la rue de Talleyrand, que le gardien du cimetière du Nord où repose l'aïeul poète : sous marbre, Jean-Baptiste et sa femme, Marie, née Nore. Pourquoi notre sœur n'est-elle pas à leurs côtés ? Sur la tombe voisine, une jeune fille du même âge vient de mourir, des glaïeuls et des roses blanches font un tapis de pudeur. La vie de Virginie, comme sa disparition, me reste étrangère : pourquoi graver son nom sur une dalle perdue de Brignoles, loin de nous, comme s'il eût fallu que sa mort nous échappe aussi ? Ici, balayée par le vent sec de la Champagne et jaunie par les sables acides de la cimenterie d'à côté, la tombe de nos grands-parents vaut son pesant de marbre noir. Sous mes pieds, deux corps, ma filiation génétique, mes deux grands-parents maternels enterrés avec leurs dérisoires souvenirs : pour lui, la photo de sa mère à peine connue et morte à Rio de Janeiro, pour elle l'anneau de mariage au doigt. De la place encore dans le caveau ; pour nous, six places, je peux me marier, faire des enfants... Qui viendra là, qui retournera à Reims – femme glacée pour y pourrir un peu plus ? Toi, Patrick, tu feras ton trou en Bretagne autour des tiens, sur fond de lande et de grand air marin. Nos parents ? Ils ont quitté la cité des sacres pour toujours et semblent priser la terre normande, jusqu'à y creuser une fosse. Il reste six places pour moi seul, c'est beaucoup pour qui se croit immortel... Du gâchis, ces sépultures au quart remplies et qui, disséminées aux quatre coins de France, figurent le corps éparpillé d'une famille.

Le cimetière du Nord que j'ai arpenté avec toi, il y a dix ans, pour y suivre nos premiers enterrements, m'a beaucoup plu : mieux que le parc Pommery au petit côté « club-house » pour bonnes familles de tennismen, ou que la Patte d'Oie où les retraités lâchent encore leurs chiens le long des marronniers, le cimetière me permettait les premières émancipations, la découverte des lieux interdits et de l'indépendance totale. Sous prétexte d'aller fleurir les tombes ou d'arroser les cyprès envahissants, je parcourais, jubilant, ces allées goudronnées, m'enfonçant jusque dans les recoins obscurs des vieilles sépultures : j'y attrapai mon goût pour l'architecture monumentale, les chapelles opulentes des bourgeois du champagne, les ex-voto ridicules gravés par les veuves. Fascination aussi pour ces colonnes brisées à la base : signe sur quelques sépultures d'une vie fauchée en sa jeunesse. On doit à la discrétion de la famille d'avoir échappé à pareille horreur sur la dalle de Virginie.

Dans l'odeur de la terre constamment mouillée, les cyclamens et les sapins recouvrent parfois certaines tombes, en retrait. Cet après-midi, j'ai trouvé ce que nous cherchions. À dix pas, guère plus, du marbre noir de la famille, dans une allée parallèle, plus ancienne, sous le plastique de quelques roses passées, deux femmes. La sœur et la mère disparue de « Mademoiselle Cousine ».

Tu me dis que Virginie n'est jamais partie aux États-Unis, qu'elle est donc morte ailleurs ? Comment ? Étrange... Hier, je m'étais transporté en pensée à Seattle. C'est là que vit, paraît-il, celle que j'ai longtemps prise pour ma sœur. Ma cousine. Fille de Jean, petite-fille de Jean-Baptiste et Marie, élevée par eux.

Troublante présence que celle de Dominique, jeune fille, entre toi et moi. Une Carmen en diable, un diable de beauté brune, notre mère telle qu'en sa jeunesse imaginée : un visage très pur, presque inhumain dans l'expression, dans la dureté, grands sourcils légèrement épilés, yeux bruns, un nez de rapace, une belle bouche peinte, une bouche à embrasser. Dominique qui habitait rue de Talleyrand, sous ma chambre très exactement, dans l'appartement du dessous, Dominique sous-sœur, ma doublure de Virginie. Dominique qui sentait fort le Chanel piqué dans une boutique de luxe. Dominique tout de noir vêtue, bas sombres sur des jambes superbes de jeune fille de dix-huit ans. Tu te souviens de ce cul d'enfer, Patrick ? Il y a aussi ses jupes plissées d'institutions religieuses où elle repassait, d'un air absent et méprisant, son baccalauréat pour la troisième fois. Les études n'intéressaient pas Mademoiselle : sur les Petits Classiques Larousse dont j'ai hérité, je retrouve sa griffe insolente. À l'encre bleu outremer (sans doute était-ce sa manière de rêver son père, vivant depuis cinq ans en Nouvelle-Calédonie), elle conchiait Molière, Racine, Corneille et… sa famille. Mademoiselle s'ennuyait dans cette chambre solennelle meublée Louis XV (c'est là qu'on trouvait un faux Rubens, encore un faux, attribué tardivement à son école, et regardé enfin comme une – mauvaise – copie d'atelier !), dans cet appartement rémois surchauffé, habité par deux vieillards : alors que nous avions père et mère, elle n'avait à sa disposition que ses deux grands-parents. Mademoiselle Cousine se faisait les ongles pour la centième fois de la journée, manucure de génie, téléphonait en cachette dès que l'on tournait le dos et ne répondait aux questions qu'en mastiquant son chewing-gum avec une insistance désobligeante. De temps à autre, on l'entendait se parler anglais à elle-même, seule langue qu'elle jugeait fréquentable, seule interlocutrice qui ne la fâchait point. Il y avait dix-huit ans que Mademoiselle faisait ainsi de la résistance passive, ignorait la vie sociale, ne se rendait à table qu'au cinquième rappel et quittait le repas dès que la poire avait suivi le fromage. Dix-huit ans qu'elle attendait le jour où larguer les amarres : Mademoiselle avait un plan…

Dominique n'était qu'une sorte de sœur de remplacement, mon unique cousine. Les allées et venues incessantes entre les appartements du troisième et du quatrième étage (mes parents en haut, les grands-parents maternels en dessous) entretinrent longtemps

64

la confusion. Virginie s'était éclipsée, Dominique, de trois ans plus jeune, la remplaçait aisément. À quinze ans, la fille en paraissait vingt-cinq : je pris très tôt l'habitude de considérer cette demoiselle-faite-femme comme un parfait ersatz de sœur. Mademoiselle avait certes un caractère détestable. Je dévalais cependant les escaliers cirés pour aller visiter sa solitude de grande dame : nous filions ensemble dans les boutiques où elle prenait un certain plaisir à m'offrir de menus cadeaux qu'elle ne jugeait pas utile de régler à la caisse. Sous ses shetlands, contre une poitrine désirable, des trésors chapardés : ma première montre, des stylos...

Mademoiselle Cousine était quasi orpheline. Une Cosette de luxe qui ne faisait pas les commissions. Un cas. Sa mère, notre tante, disparue alors que Mademoiselle n'avait que trois ans. Disparue ? un jour que Dominique n'était pas là, le dos-d'âne entrouvert qui lui servait de bureau (et de table d'incrustation : dans la marqueterie, elle creusait des graffiti avec sa lime à ongles) fit travailler mon imagination. Cette tante, morte à trente ans, qui ressemblait tant, disait-on, à Lauren Bacall, ne pouvait s'être évanouie dans la nature ! Peut-être vas-tu m'aider à comprendre, Patrick ? il y avait dans ce bureau trois seringues... j'interprétai : Simone s'est suicidée... Et je plaignis son mari, Jean, l'unique frère de Maman, parti guerroyer à ce moment-là en Indochine.

Quatre ans auparavant, Mademoiselle Cousine avait perdu sa petite sœur, terrassée à huit mois par une méningite. Le premier deuil de la famille : Florence, un prénom qui n'a jamais cessé de me plaire.

Entre une Virginie-cousine évaporée, une Simone-mère aspirée et une Florence-sœur renvoyée dans les limbes, Mademoiselle Dominique faisait quelques virées à Nouméa, où son père, militaire, exerçait après l'Indochine son métier de soldat. L'oncle du Pacifique, à plus de 20 000 kilomètres nous fascinait : Mademoiselle découpait sans joie les timbres calédoniens (des gros poissons multicolores) du courrier qu'elle recevait de là-bas. Pour elle, c'était un travail harassant. Elle soupirait à l'idée de ce père qui lui donnait tant de soucis. Lorsqu'il rentrait, une fois l'an, en France, elle se plaignait amèrement d'avoir été abandonnée et placée chez ses grands-parents.

Mademoiselle vit aujourd'hui à Seattle, ou en Floride, ou dans le Texas, je ne sais pas. Après deux mariages, l'un anglais, l'autre américain, elle possède parfaitement la langue, dont l'apprentissage fut le seul mérite de son adolescence. Je l'ai revue il y a quatre ans, à Londres, dans un appartement de luxe sur Regent's Park. Dominique-pas-de-Chance avait fait fortune, ou quelque chose comme cela : mélange de call-girl luxueuse et d'étourdie sympathique, elle m'a paru ce jour-là bien loin du portrait de Virginie que tu connais, Patrick. Pendant les trois jours où elle m'a hébergé, nous avons un peu parlé de sa cousine disparue, un peu de toi : c'était calme et heureux, j'étais content que quelqu'un évoque Virginie. Dominique perdue elle aussi dans le monde, mais vivante, toujours seule bien qu'aimée des hommes, une Mademoiselle quasi orpheline qui n'a pas vu son père depuis des années, une presque sœur qui fait semblant de parler cosmétiques pour ne point dire des choses plus graves.

À cette fille-là, ma Virginie d'occase, j'ai envie d'écrire, comme je le fais à toi, Patrick...

10.

Patrick

29 novembre

Tu me parles de Dominique comme j'ai envie de te parler de Virginie. C'est la première fois. À onze ans, il y a des choses qu'on ne dit pas à un petit garçon. Ça ne sait pas ce que c'est qu'une fugue, un petit mec qui attend que sa sœur revienne des États-Unis. Longtemps, tu as regardé la mer à l'ouest. Mais comme Christophe Colomb parti à la découverte des Indes et butant contre le Nouveau Monde, Virginie nous a pris à contre-pied, par-derrière, dans l'océan Indien. Je te raconterai tout, si tu me parles d'elle, si tu me dis comment tu l'aimais. Si tu l'aimais autant que moi.

Une Poivre, un Poivre, ça jette de la poudre aux yeux, du poivre moulu pour faire pleurer les cœurs sensibles. Mais tapis derrière les rideaux de larmes et de faux-semblants, il nous est plus facile de nous déshabiller, de nous regarder en pleine lumière, et de nous trouver beaux. Je la trouvais belle, Virginie. Et qu'elle m'ait menti jusqu'au bout n'altérera pas ses traits. Belle. Lumineuse.

11.

Olivier

2 décembre

Je suis têtu comme une mule bretonne. Peut-être suis-je resté le petit frère de onze ans, à qui on ne dit pas l'essentiel, pour préserver son enfance ouatée. Aussi je ne te crois pas : entre ceux qui me font prier sur une tombe vide de Brignoles, ces autres qui affirment que ta jumelle s'est perdue corps et biens dans le Nouveau Monde et toi qui prétends détenir le secret de sa disparition, je préfère ma vérité. C'est à Reims que je vais retrouver Virginie. J'ai l'idée de quelque cachette et je vais bientôt mériter son amour. Ton affection et ton secret aussi peut-être, grand frère.

J'ai pris l'air de notre ville. Visite panoramique guidée par des souvenirs assez tenaces : Reims-Boulingrin avec sa porte Mars en ruine romaine échouée, Reims-Notre-Dame et les cierges que j'allumais en passant le matin avant les interrogations écrites, les jolis jardins de l'évêché et leurs taillis aimables, Reims-buvettes et l'horrible *Gaulois*, le café de la place d'Erlon où Virginie donnait ses rendez-vous d'amoureuse incertaine.

Saint-Jacques, notre paroisse coincée entre la gare routière et la chemiserie Boitel, le passage Subé enfin : la verrière qui donne directement sur notre immeuble. Virginie n'est plus loin.

Au quatrième étage, notre appartement : porte close, fin de non-recevoir. Nous avons déserté la ville il y a quinze ans, on nous ignore aujourd'hui. Vingt marches plus bas, l'antre des grands-parents et de Mademoiselle. Là aussi, nous avons posé les scellés. Dans l'appartement du troisième, c'était la canicule, un feu d'enfer alimenté par les fourneaux de cette grand-mère gâteau : Virginie ne se fait pas prier pour le raid alimentaire. La grande porte et son judas s'ouvrent sur le rideau cramoisi de l'entrée : un couloir dont les murs n'existent pas. Des plinthes au stuc vieilli du plafond, de sombres croûtes achetées à l'encan côtoient quelques valeurs peintes. Du « tableau » au mètre carré, des couleurs et des épaisseurs de peinture desséchée par les trente-six radiateurs contre lesquels les saturateurs sans eau font caraméliser leur calcaire. La peau elle-même se vieillit vite à ce contact inhumain : dans le salon, un vieil homme pétrifié semble interdit. Jean-Baptiste que je n'ai connu, moi, qu'infirme. Une couverture d'astrakan sur ses genoux qui ne bougeront plus : l'homme est dans un fauteuil depuis dix ans. À raison d'un quart d'heure par jour, une promenade quasi imperceptible le conduit d'un bout à l'autre du couloir. Cela le fatigue énormément, la douleur se lit dans son regard qui parcourt ces quelques mètres de liberté : Jean-Baptiste est assisté de deux cannes et d'une femme, presque infirme elle aussi. Marie, d'amoureuse éternelle, est devenue l'opulente garde-malade d'un homme encore jeune, frappé de paralysie à vingt-huit ans.

Marseille, encore Marseille. Les fruits de mer équivoques, le poisson pas frais. Tu connais l'histoire, Patrick, le pourquoi de ce fauteuil, de ce silence, de cette mort si présente : les mains elles-mêmes ne bougent plus, croisées sur le ventre. Le ventre a été empoisonné dans un restaurant de Marseille, c'est un terrible et lâche attentat que celui-là : à ta différence, je n'ai jamais connu mon grand-père autrement qu'en légende. Légende de caoutchouc, les bottes Aigle, les tuyaux d'arrosage, les snow-boots de Proust qui raffolait des caoutchoucs américains, tout le latex de cette boutique de la rue Cérès où Jean-Baptiste, secondé par Marie, faisait son commerce de l'hévéa, du ficus, de la gomme brésilienne. Ironie du sort. C'est toi, Patrick, qui m'as appris récemment l'existence de sa mère, partie gagner sa vie très jeune, à Rio de Janeiro. Laissant dans sa Creuse natale deux presque orphelins, Georges le préféré, et notre Jean-Baptiste...

Et pourtant, avec Virginie et toi, ces visites quotidiennes aux grands-parents me semblaient délicieuses. L'œil mascara de Mademoiselle, qui n'aimait pas qu'on vienne coloniser sa tranquille condition de fille, qu'on fouille dans les armoires de son grand-père à la recherche d'une vésicule conservée depuis des lustres dans un bocal de formol.

Et les odeurs que traque Virginie, perverse : *Jean-Marie Farina* dans la salle de bains vert d'eau sur fond de carreaux noirs. Sur une table, ciseaux et rasoirs du barbier qui venait chaque jour à domicile rafraîchir la nuque de l'homme-dans-son-fauteuil. Les odeurs de l'office et de ses placards couleur crème, bourrés de fruits secs, de chocolat en tablettes alimentaires. Un parfum de gâteries entre des relents de vieux livres jaunis : dans le bureau oriental d'ébène et de nacre incrustée, l'écœurement, à l'ouverture des pages du *Dictionnaire de la médecine illustré* ou du *Jardin des supplices* d'Octave Mirbeau*. Les vieux livres, aux planches et eaux-fortes évocatrices, donnaient envie de vomir. Comme lorsqu'on vient de faire l'amour malgré soi, par curiosité.

Mais tu ne sais pas encore tout, petit grand frère, de ce retour à Reims : Reims, Reims, dire le nom de Reims, comme celui de Nevers dans *Hiroshima, mon amour*. J'ai enfin marché sur la terrasse. La terrasse de Virginie.

Histoire de la terrasse. J'ai quatre ans. Les jumeaux en ont quinze. Dimanche, déjeuner rituel au troisième étage. Virginie-Patrick, siamois dos à dos, Olivier, voyeur de votre inceste de grands gosses. Souvenir de cette barbe blanche de Jean-Baptiste qui sent l'eau de Cologne et qu'il faut embrasser avant de passer à table, souvenir aussi de mains un peu sèches et piquées sur leur dos – comme sur les vieux livres.

On mange à s'en étouffer. Au début, c'est bon. À la fin, ce n'est plus que fécule dans l'estomac et la tête. Les autres vont dormir sur les divans jusqu'aux premiers hoquets d'après quatre heures.

Virginie s'éclipse. Descend les escaliers : le vieil

---

* Patrick à Olivier : Moi, je garde le souvenir d'une brochure sur les hernies où l'on voyait des adolescentes qui me procurèrent mes premiers émois…

ascenseur fait trop de bruit avec ses poulies et son balancier à contretemps, comme un gros testicule de bœuf. Vision aussi, quelques années plus tard, du respectable grand-père descendu à la verticale dans sa boîte de chêne verni par de puissantes cordes le long de la rampe. Là encore, l'ascenseur trop étroit pour le cercueil s'était dérobé : étrange image de cet homme cloué entre quatre planches, dont la légende disait que, déjà infirme à vingt-huit ans, il montait sur son dos les cuisinières en fonte de Marie...

Virginie atteint son but : à hauteur du premier étage, sur l'arrière de l'immeuble, la terrasse tentatrice. Elle sait que le sol sera mouillé de la dernière pluie : elle n'ignore pas qu'en sautant par la fenêtre, la trace laissée sera profonde. Demain, les rumeurs monteront jusqu'au quatrième, et avec elles, les odeurs d'huile où baignent les quartiers de mouton saigné, suprême émanation du premier étage et de l'avocat pied-noir du barreau de Reims. Demain, à la seule vue des empreintes, l'immeuble s'inventera la légende des rôdeurs de la terrasse.

La fenêtre est haute à enjamber : il faut prendre de l'élan en partant de la rampe de l'escalier et se jeter dans le vide, deux mètres plus bas.

La fuite. Les arrière-cours du 22, rue de Talleyrand. Et la crainte tenace d'être aperçue derrière les cretonnes épaisses des fenêtres de la cuisine. Les autres n'imaginaient point que Virginie puisse passer là. Toi, Patrick, tu savais.

L'idée lui en était venue simplement. Quand, des fenêtres de l'office, on faisait tomber un couteau éplucheur, une salade à peine égouttée, un torchon, un je-ne-sais-quoi de domestique, on avait coutume de dire : c'est perdu. Virginie, qui avait observé la scène, savait que cela ne l'était pas pour tout le monde.

Le dimanche à 3 heures, elle est prête à sauter. Dernier regard pour ces crédences qui pendent le long de la façade et qu'on veut faire prendre pour des garde-manger : dans ces placards en bois latté, ventres qui tombent d'être trop chargés, de quoi manger pour des semaines, des semaines de dimanches. Assez de sentiments : elle saute sur l'éponge. Patrick regarde, admire, aime.

L'éponge ? un mélange de sable et de terre battue, autrement nommé terrasse. Des mousses aussi qui poussent, chaudes et retournées en été, gonflées d'eau et chuintantes dès septembre. Les genoux mordent la poussière ou s'écrasent lourdement dans la boue. Il faut protéger ses mains des petits cailloux blancs, confettis éternels, qui parsèment l'éponge, quand ils ne sont pas recouverts par les feuilles de la rentrée des classes. Se méfier du vent de Reims qui s'engouffre par la fenêtre que Virginie a laissée ouverte, et qui ne tardera pas à donner l'alerte aux paliers supérieurs.

C'est par les longs murs pisseux à la base de l'immeuble qu'elle commence son exploration de la terrasse : faux terrain de football abandonné qui donne sur des jardins où poussent parfois la vigne vierge et les fleurs des tropiques. Reims qu'on tient en ses mains, comme une rambarde : Virginie s'accroche à ces longs tuyaux extérieurs où elle sent sourdre la pression chaude des eaux, soutirées par les chaudières. Seuls connaissent cette humide promenade les oiseaux qui passent en migration par la ville. De longs vers bruns constituent leur nourriture de route. À hauteur des aérateurs de fenêtres, les canaris aux cages dorées doivent envier ces oiseaux de liberté dont l'horizon n'est pas obscurci par le linge séchant au balcon des buanderies.

Virginie, marchant sur ces voluptés féminines que sont les terres mouillées, gagne d'un pas assuré le centre de la terrasse, au grand risque d'être vue par tous. Sous elle, à quatre mètres, une cour pavée, grise, une fausse profondeur, un hangar à vélos, une cour de poubelles et de charbon détrempé. Et derrière ce patio misérable, notre rêve à tous trois, notre forêt tropicale, l'éden aux anachroniques plantations. Le jardin de Marie : tout un entrelacs de sauges et de framboisiers morts, des orangers sans promesse andalouse, quelques noyaux d'avocats en tiges pauvres, la menthe bleue, les tisanes diurétiques de cette famille un peu malade des reins, des repiquages de fleurs en pots. L'énumération d'une encyclopédie d'horticulture que Marie feuilletait chaque printemps avant d'arrêter son choix sur les catalogues Vilmorin et leurs espèces rares : tu te souviens peut-être, Patrick, de la télévision régionale et de *L'Union* qui étaient venues faire un reportage dans cet incroyable fouillis. Notre imposante grand-mère posait sur la photo avec cette légende : « Des edelweiss dans un jardin du centre ville. » Et la caméra s'était arrêtée sur ces raretés, balayant au passage les folies de Mme d'Arvor dans ce minuscule enclos de verdure, perdu entre une blanchisserie industrielle et les entrepôts d'un magasin de sports. Lui, Jean-Baptiste pour qui ce jardin avait été imaginé, parce qu'il ne pouvait pas de son fauteuil descendre le voir (tout juste de la fenêtre de sa chambre apercevait-il les hautes herbes de ce bordel de chlorophylle), et parce que, chaque jour en saison, on déposait des roses et des tulipes coupées sur sa table à roulettes. Les tulipes surtout, simples, composées ou perroquets que notre sœur, charitable, lui dressait en bouquets : dans sa barbe immaculée un peu de ce pollen noir qu'il venait de respirer.

Virginie, du haut de l'éponge, évalue notre fortune : monnaies du pape (l'appartement en était encombré, avec les « chatons » que nous ramenions de nos vacances à Trégastel), liserons grillagés, toutes sortes de boutures bien rondes, de greffes insensées, herbes-aux-chats et chats glissés entre les herbes. Une véritable ménagerie : papillons se posant sur leurs arbres favoris, limaces en salade, toute la bande des parasites du rosier, les oiseaux qui tiraient sur les branches des baies pour s'emparer des petites boules de saindoux.

Tu te souviens peut-être de ce minuscule rêve d'enclosure citadine. Aujourd'hui les bulldozers ont tout détruit. Tu m'as raconté les moissons de Virginie, plus ou moins bonnes : les mouchoirs boueux qu'elle lavait au retour dans votre chambre, verrou bouclé, les couteaux éplucheurs, les fruits talés en leur chute, une fois aussi une lettre néo-calédonienne tombée du troisième (Mademoiselle avait ses humeurs à la lecture du courrier de son père), des petites balles de caoutchouc, un sous-vêtement d'homme, des épingles et des pièces dans la mousse épaisse, moquette végétale de salle d'eau.

Ou toute l'arrière-vie résiduelle de quatre familles, sans oublier les dons du ciel, les branches cassées des peupliers, tout ce qui d'un dimanche à l'autre, lavé par la pluie, resurgi de la terre, gratté et sucé par les acides, faisait le bonheur de Virginie.

Elle voulait que votre chambre fût un musée toujours ouvert et renouvelé en ses dizaines de raretés autour desquelles elle organisait sa nuit du dimanche. Elle s'habillait – le plus souvent en garçon – avec des loques dégoûtantes ramassées l'après-midi, disposait ses trésors sur les étagères : caractère exceptionnel de cette exposition temporaire que personne, hormis toi, ne devait honorer.

Car à 6 heures, le lundi matin d'école, elle débarrassait son lit des formes contre lesquelles elle avait dormi très serrée et jetait le tout dans un grand sac qui disparaissait par l'escalier de service, dans le grenier aux planches javellisées une fois par semaine. Un grenier miracle, où je retrouvai, quelques années plus tard, ta collection de petits soldats en plomb, enrichie par mon stock de pots vides de yaourts aux fruits : de quoi construire une armée admirable avec ses forteresses de plastique Danone, ses Cheyennes, Iroquois, cow-boys et poilus, tous confondus dans la même guerre planétaire.

Dans les combles du cinquième, deux pièces tenaient lieu de grenier. La première, dont nous avions la clé, servait à faire sécher le linge et s'emplissait, deux fois par an, des grandes valises mystérieuses de notre père. Étuis à violoncelles ou à bazookas ? On n'y trouvait que des chaussures... Odeurs de peaux de lapins industrielles, de colle pour empeignes. La deuxième pièce était fermée au cadenas : Mademoiselle avait la clé, c'était le bazar de son père, transformé en garde-meubles pour militaire en vadrouille. Une pièce interdite, rêvée jusqu'au jour où Cousine, à la recherche de quelque curiosité pour fâcher ses grands-parents précepteurs, eut l'idée de m'y conduire : en deux minutes, j'évaluai le trésor. Premier choc : la poussière, le fouillis qui contrastait singulièrement avec l'ordre maniaque de l'appartement des parents. Un ordre qui fait d'un foyer un musée ciré tous les matins, astiqué, aspiré, poli à l'excès. D'un coup d'œil j'énumérai les bizarreries de mon oncle mythique et ses légendaires incohérences : un violon aux cordes cassées, un jeu de cricket qui m'impressionna fortement, plusieurs grosses malles militaires, une valise en fer-blanc. Des poupées désarticulées surtout : en l'une d'elles, j'imaginai Florence, la petite nièce morte en bas âge. Longtemps je me persuadai qu'on avait remisé là son corps, m'expliquant ainsi l'interdit – et les verrous – de cette chambre magique, où un berceau-poussette en bois blanc figura longtemps pour moi un cercueil pour enfant.

Pas plus de corps dans ce réduit que de Virginie dans le caveau de Brignoles. Et si l'on avait enterré tous nos morts sous la terrasse ?

12.

Patrick

10 décembre

C'est drôle, frérot, ton histoire de terrasse. C'est elle aussi qui pendant dix ans ferma mon horizon. Elle que je vis chaque matin en ouvrant les volets, celle sur laquelle je pissais tous les soirs du quatrième étage en les fermant.

Parfois, la nuit, je me relevais. Je passais à pas feutrés devant ta chambre pour ne pas te réveiller – tu n'avais que deux, trois ans – et je m'enfermais dans la salle de bains. J'avais découvert un numéro qui fascinait ma seule et unique spectatrice, Virginie : j'imbibais des morceaux d'ouate de la fameuse eau de Cologne Roger et Gallet héritée du grand-père et j'y mettais le feu. Je jonglais avec le coton, le faisant rebondir sur les paumes ou mon torse nu et quand les flammèches bleuâtres commençaient à noircir, j'expédiais l'ouate par la fenêtre ; elle achevait de se consumer dans la nuit sur la terrasse. C'est peut-être pour ça, Olivier, que rien n'a jamais poussé sur cette terrasse, n'était-ce ton envie de marcher sur mes pas...

Il m'arrivait aussi de tenter quelques échappées clandestines sur la surface magique. J'allais y récupérer ce que mes folies nocturnes offraient au vent du large. Le coton calciné côtoyait les morceaux d'ouate multicolore que je lançais à la tombée de la nuit, quand les oiseaux volent bas. Ils se jetaient sur mes bribes de rêve et, déçus de s'être fait piéger, relâchaient leur proie. La terrasse, c'était ma mer à moi, mon aventure de citadin, mon Trégastel d'hiver. J'en avais fait, comme de la montagne de Reims bourrée de sable et de fossiles, un vieux bassin jadis recouvert par les mers. Ses cailloux concassés, enfoncés dans une mousse spongieuse, évoquaient les biscuits roses Derungs et les boudoirs rémois trempés dans le champagne. Plus tard, c'est là que Virginie rejoignit un amoureux qui habitait au premier étage et dont la chambre donnait de plain-pied sur cette plage improvisée.

Virginie qui mentait si bien, et moi si mal. Plusieurs fois, elle me tira d'un mauvais pas devant notre mère impressionnée par son aplomb. Quand je m'inventais une vie de poème, elle maquillait la sienne et nageait en eau double. Je ne sus jamais si elle se fit avorter comme elle le prétendit, à quoi servit l'argent que je lui prêtai pour l'occasion. Je la crus quand elle annonça son départ en stage aux États-Unis, début juillet 1968. En fait, elle n'y mit jamais les pieds. Deux semaines plus tard, nous apprenions sa mort au large de l'île Maurice, deux siècles jour pour jour après l'arrivée de Bernardin de Saint-Pierre.

Depuis quelque temps, elle ne cessait de lire et de relire *Paul et Virginie*. Pour une gauchiste exaltée, frémissant aux événements de Mai et écœurée par le vote massif des Français qui sifflaient la fin de partie, c'était une drôle de nourriture. Aujourd'hui encore, je ne comprends pas mais je saurai, Olivier, en fouillant notre passé. Peut-être Virginie ne cherchait-elle que sa propre image chez la Virginie de Bernardin de Saint-Pierre ?

Ses pas sur la terrasse… Son destin enfui, enfoui dans nos mémoires qui veulent s'en libérer. Moi aussi, je retournerai comme toi à Reims, 22, rue de Talleyrand. Tu me dis que le jardin a disparu. Une île à la dérive, une sœur en perdition, des souvenirs qui glissent dans les remous incertains du mentir-vrai.

13.

Olivier

13 décembre

Tu m'as affranchi de ma condition d'enfant préservé. Tu as compris qu'en mettant mes pieds dans vos empreintes de terrasse je méritais la vérité sur Virginie. Elle s'est abîmée au large de l'île Maurice, me dis-tu ? Et moi qui ai toujours rêvé de cette île ! Tu as bien fait d'attendre aujourd'hui, j'ai maintenant les épaules solides et les pieds sur terre, votre terre de terrasse.

C'est tard, vingt-trois ans, pour se dire adulte : mais cette terrasse rêvée dans ma chambre du quatrième, seulement explorée du regard, je me l'approprie enfin. C'en est fini de l'envieuse adolescence, du rêve impossible, des limites de l'âge et de la sagesse des enfants qui n'osent pas descendre : j'ai pris du recul avec l'enfance rémoise. De cette éponge, je contemple, dix mètres plus haut, le même store jaune à créneaux et les petits rideaux en paille verte manœuvrés tous les soirs au cordon, l'horizon fermé de ma chambre. Derrière cette vitre qu'un autre enfant éclaire peut-être, j'oublie le plan de cette pièce où je vécus heureux et malheureux, tranquille et désespéré. Bon débarras : les crises de nerfs de mes dix ans, les mises à sac, enfermé à double tour, de ma sage existence et des objets qui la composaient, mes ruses pour vous rejoindre le soir, rampant dans le couloir sous la porte-fenêtre du salon où la lumière bleutée d'un poste de télévision signalait la présence maternelle. Adieu encore à cette curieuse nuit où je dormis dans un lit étroit entre Virginie et Mademoiselle Cousine... Pourquoi cette nuit, cette promiscuité qui m'obséda longtemps ? Virginie et Mademoiselle dormaient-elles ensemble à l'âge où l'on s'essaye aux garçons et pas à son petit frère-cousin de dix ans ? Adieu ma grande et petite enfance ! Je parcours maintenant l'espace rebondi de la terrasse et je gagne lentement les toits de l'entrepôt du magasin de sports qui donne sur la rue de Talleyrand. Je saisis une gouttière qui devait vous être familière, et me voilà sur les hautes verrières et la pente douce qui conduit au bord extrême de l'immeuble. Êtes-vous seulement allés si loin ? Là, je découvre Reims comme je ne l'ai jamais vue, dans un équilibre précaire, en proie au vertige. Je vous imagine tous deux, l'un contre l'autre, petits jumeaux qui se prennent par la main pour se sauver ensemble ou pour tomber solidaires sur le pavé froid de la rue de Talleyrand.

14.

Patrick

19 décembre

Comme toi, je lève les yeux et ces garde-manger ventrus qui surplombent la terrasse me ramènent à ces grands-parents que tu as connus à leur couchant. Mes souvenirs les rajeunissent. Je viens tout à l'heure de frôler Marie à Évaux-les-Bains. C'est là qu'elle est née. C'est là qu'elle rencontra Jean-Baptiste, en cure dans l'établissement thermal dont elle assurait la direction. J'ai des photos d'eux à l'époque de leurs premières amours, au lendemain de la Grande Guerre. Elle, debout, fière, belle, massive. Lui, l'infirme venu se faire soigner, assis avec trois curistes autour d'une table de jardin. Comment s'y était-il pris pour la séduire ? Sourire rare, la barbe conquérante – ma parole, il était déjà barbu à la naissance, il n'y a jamais eu une seule photo de lui glabre –, je l'imagine mal tourner autour du cœur, conter fleurette et se contorsionner délicieusement comme nous le fîmes plus tard avec les dames. Tu peux sourire, Olivier, on m'a raconté tes frasques et ça m'a amusé... Le Piper Touch... *touch and go*, comme les avions qui font mine d'atterrir, se posent et redécollent aussitôt avant de faire des ronds au-dessus de l'aéroport et de mettre définitivement roue à terre, faute de carburant.

Tu l'imagines, Jean-Baptiste, avec sa canne qui terrorisait tout le monde. Avec son cou de taureau et sa force de bœuf. L'homme qui avait remis à sa place un automobiliste trop bruyant en l'extrayant de sa voiture et en le lâchant sur le capot comme un vieux sac de linge. Qui avait expulsé un importun de la maison en l'installant à califourchon sur la rampe de l'immeuble et en le poussant jusqu'en bas... Je suis sûr que, là encore, la légende des siècles et des familles a bousculé la réalité. Plus tard, on me raconta que son fils Jean, notre oncle de Nouméa, qui n'était pas, lui non plus, sans vigueur, avait pareillement envoyé balader dans une corbeille à papier le directeur de l'Opéra de Paris – à moins que ce ne fût celui de Reims, méfions-nous... J'ai beau reconstituer la scène, j'imagine mal le bonhomme les quatre fers en l'air dans sa corbeille à papier ou le quidam de la rue de Talleyrand dévaler sans broncher trois étages, les fesses collées à la rampe... Mais cela fait partie des douces affabulations qui me font aimer cette famille et me conduisent à t'écrire pour démêler le vrai du faux et exhumer nos femmes chéries.

Je m'égare. Mais j'avais tellement envie de deviner ce qu'avaient bien pu se raconter les deux tourtereaux d'Évaux. Avec la photographie, Maman, en bonne fille, m'a donné une médaille qu'ils s'étaient fait graver : Jean-Baptiste et Marie, 19 octobre 1919. Date mystérieuse qu'aucune archive ne m'a aidé à éclairer. Se sont-ils embrassés ce jour-là ? Se sont-ils aimés pour la première fois ? (Tu les vois faire l'amour !) Lui a-t-il avoué qu'il était marié et déjà père ? Maman a en effet une demi-sœur dont je t'ai récemment appris l'existence. Virginie en avait même fait une bonne sœur ; la pauvre n'avait travaillé que quelques mois comme prof dans un collège de religieuses.

Longtemps, Jean-Baptiste et Marie pratiquèrent l'union libre, ce qui n'était guère dans les idées de ce premier tiers de siècle. Impossibilité de divorcer, insolence sociale, méfiance de chat échaudé ? Je ne sus jamais. Le jour du mariage de nos parents, le 4 décembre 1946, Jean-Baptiste et Marie n'étaient toujours point unis par les liens des convenances... Tu remarqueras au passage que du côté des parents de Papa, la situation n'était guère plus avouable. Là encore, concubinage et, circonstance aggravante, divorce de Yella non prononcé. Je la regarde en souriant, cette famille-là, sur la photo de la sortie de l'église Saint-Jacques. Sur les six, parents et grands-parents, ils n'étaient que deux à être mariés. Depuis une demi-heure[*].

Je comprends mieux Maman quand elle fait remarquer que je suis venu au monde neuf mois et seize jours après ses noces, et Virginie qui, pour la faire bisquer, me racontait que les dates avaient été

---

[*] Olivier à Patrick : Deux ans plus tard, Marie et Jean-Baptiste se mariaient à leur tour, après vingt-cinq ans de vie commune. Le maire les unissant chez eux, rue de Talleyrand, la loi voulait que la porte de l'appartement restât ouverte à tous pendant la cérémonie. Maman, jeune mariée, faisait le guet sur le palier.

maquillées. Elle ajoutait même que l'un d'entre nous n'avait pas été désiré. Mais mon Dieu, lequel ? C'est toujours la même histoire avec les jumeaux. Arrête, sœurette, de te vautrer dans nos demi-mensonges, de les habiller de demi-vérités et de nous faire croire que tu n'es plus de ce monde.

Je pense beaucoup à Virginie, ici, à Évaux. Et très fort à Marie avec laquelle elle se chamaillait. Ma douce Solenn, ma fille qui ne sait rien du tout de cela et qui s'en fiche un peu, m'accompagne dans ma visite de l'établissement thermal ; les autres sont restés dans la voiture. Il est quatre heures, ce dimanche. Une queue de banquet s'éternise dans le rot et le graveleux. Les messieurs rouges et décravatés sortent sans leurs dames sur le perron pour prendre l'air. Nous en profitons pour nous glisser dans les sous-sols, là où se pratiquent les soins. On n'y travaille pas le dimanche mais la buée des bains bouillants et bouillonnants reste collée à la faïence. Rien n'a dû changer depuis le départ de Marie. Les baignoires, primitives, évoquent le musée Grévin, l'assassinat de Marat dans une baignoire sabot. D'autres pièces rappellent davantage les thermes romains, d'autres encore, embarrassées de tuyaux et d'appareillages barbares, frisent la salle de torture. Je m'enfuis avec Solenn et je cours avec tous les miens vers le cimetière.

Toujours des tombes, Virginie. Encore un cimetière où tu nous fais faux bond. Toi, il te fallait l'Océan et ses vastes fonds, la sépulture de ceux qui n'aiment que les grands lits pour bien dormir. Avec Véronique, Arnaud et Solenn, nous quadrillons les allées pour essayer de trouver la trace de Jules, le père de Marie. Nous ne retrouvons que la tombe de son fils, Marien, qui fut amputé du bras droit et dont Marie nous disait grand bien. Mais la mémoire s'embrouille. Peut-être s'agissait-il de François, son autre frère ? Qui avait perdu son bras ? C'est important. C'est de famille. On pourrait nous creuser un caveau bourré de bras droits coupés, comme si on avait voulu nous empêcher de tendre le poing. Mais ça repousse, les bras. Et je te tiens à bout de bras, mon frère...

J'ai envie de penser que l'oncle Jean, le frère de Maman, faillit lui aussi perdre son bras, à la guerre – car il fut militaire – ou au champ d'honneur des bébés. On me raconta qu'à l'âge de deux ans, il fut victime d'un terrible accident de voiture. On le retrouva sous la roue de la Hotchkiss, me dit Maman. Un bébé sous la roue et toujours vivant, ça alors... Plus tard, je compris que la roue s'était détachée de la voiture abîmée dans un fossé et que le petit enfant fut découvert sous la jante sain et sauf.

Allez donc ensuite vous étonner qu'on dise de cet oncle-là qu'il fut écrasé par la personnalité de son père Jean-Baptiste ? Il me plaît bien, Jean, qui partit à la guerre pour faire le fier et quitter le trop lourd héritage d'un père qu'il vénère aujourd'hui. Retour du fils prodigue qui de temps à autre déposait ses malles à la maison, et les oubliait, accablé par les coups du sort. Une petite fille qui meurt, une femme qui s'enfuit à jamais, une Mademoiselle qui le fuit. Et lui, ballotté, bringuebalé, comme sa cantine usée, qui finit par trouver refuge dans les bras accueillants d'une amie d'enfance.

Il n'arrivait jamais à monter en grade, ou si peu. À

chaque ébauche de promotion, il était guetté par une tuile. Un soir, lassé par le casernement, il fait le mur et se distrait deux heures au cinéma. Quand les lumières se rallument, son voisin se tourne vers lui. Son colonel ! Avec Jean les lumières se rallument toujours trop tôt mais je l'aime ainsi, mon oncle de Nouméa, avec son amour du football et des ancêtres. Je sais qu'il veillera jusqu'au bout l'autel de sa mémoire blessée et de ses parents qui lui manquent aujourd'hui. Tout le monde a toujours manqué à tout le monde, dans la famille. On part tous trop tôt, trop mal. Et me manquent aujourd'hui les deux koalas que Jean m'avait offerts à l'un de ses retours de Nouvelle-Calédonie. Je les ai longtemps cajolés avant de les léguer à Dorothée, la première de mes filles. Dorothée, c'est aussi le prénom que se choisit pendant quelque temps Dominique, sa fille, qui, comme nous, a le goût du travestissement. À son âge, je m'appelais bien Alexis...

Dans le cimetière, je suis toujours à la recherche de l'arrière-grand-père maternel, Jules Nore. Toutes ces tombes débordent de torrents de souvenirs mal maîtrisés, mal vécus, mal inventés. Et le flot charrie les cailloux de la mémoire, du désir de mémoire surtout. Nore... c'est un nom qui ornait l'une des boîtes aux lettres de notre immeuble rémois. Je n'avais jamais compris qui était ce Nore-là. J'avais perdu le Nore... Je ne savais pas encore que ma grand-mère s'appelait ainsi ; elle n'épousa son poète que bien après ma naissance.

Si je cherche Jules, qui se dérobe, c'est que Maman nous a fait, il y a quelques semaines, une révélation qui la bouleversait. Elle venait d'apprendre, d'une lointaine cousine, pendant l'un de ses pèlerinages en Creuse, que son grand-père s'était suicidé. Cet homme, qui venait d'atteindre le milieu du siècle à l'âge respectable de quatre-vingt-dix ans, n'avait pas attendu les derniers halètements du corps et de l'âme pour choisir d'en finir en se passant la corde au cou. Maman était très émue. Elle venait de se confesser à ses deux fils, sur un coin de table, pendant un bruyant repas de famille qui ne voyait pas que, chez la mère et les fils, le temps venait de s'arrêter une seconde. Avait-elle eu honte de ce suicide, comme une fille qui défait les draps de sa mère pécheresse ? Je crois plutôt qu'elle était obsédée par le désir de savoir si Marie, elle aussi, savait... Elle nous raconta qu'une fois par an, sa mère quittait Reims pour disparaître dans la Creuse et qu'elle ne parlait jamais de ses pèlerinages chez les siens. Avec qui était-elle brouillée là-bas ? Entourait-elle son père d'une suffisante affection ? Se reprocha-t-elle sa mort, à supposer qu'elle en sût les circonstances ? Les tombes se tairont, comme celle de Virginie dans la barrière de corail indien. Et celle de Jules manquera toujours à l'appel.

Mais ce soir-là à table, Olivier, je me souviens de notre regard. Nous étions fiers de l'arrière-grand-père. Il avait bien mérité de la famille.

15.

Olivier

26 décembre

Je t'envie ce voyage : Pionsat, Évaux-les-Bains, Puy-de-Dôme, Auvergne... Il y a dans cette recherche de bouts de famille épars d'étranges trous noirs, des morceaux de corps disparus comme ces fragments d'Osiris qui échappèrent à la vigilance d'Isis : un début de XXe siècle incertain où les « flambeurs » de la famille (on joue beaucoup chez nous ; il n'y a pas si longtemps la sœur de Marie, Berthe, ne dut qu'à sa passion du bridge d'être retrouvée morte depuis trois jours dans son appartement par ses vieux amis de jeu, intrigués de ne pas la voir à son cercle d'habitués) ruinent en l'espace d'une soirée la fortune de trois générations... Sans parler de quelques morts curieuses qui doivent probablement tout au suicide : l'arrière-grand-père pendu dont tu viens de parler, la lettre de Jean-Baptiste et cette sage résolution : « Mais mourir pour échapper à l'horreur de la vie, quelle triste sortie », ta propre envie de mort au lendemain des trente ans. Brusquement la vie s'arrête, le malheur et le besoin s'installent en maîtres. Flambeurs, suicidés, voyageurs et militaires s'échappent, qui au siège de Sébastopol, qui à Rio de Janeiro, et ne reviendront pas. Lot ordinaire des familles établies depuis longtemps et pour qui l'air se raréfie un jour jusqu'à l'asphyxie. La fameuse Algérie française de Numa et Yella : ils ne cessèrent d'attendre une indemnisation qui devait leur permettre de rembourser des dettes contractées un peu partout. Autre légende : la fortune du père de Papa, qu'on disait l'un des premiers contribuables de Paris, et qui, apparement ruiné, vit aujourd'hui en Savoie l'existence d'un petit préposé des Postes à la retraite. Et Virginie qui nous faisait tant rire avec ces fameux bijoux d'une arrière-grand-tante, à nous légués, et qui n'arrivèrent jamais à destination. Je passe sur le salon d'une mystérieuse héritière que mon père n'appelait devant nous qu'« Amie » et où les arts plastiques, les grands cénacles littéraires et les pensionnaires du Français ne tarissaient pas d'éloges sur notre tante Laure, une belle « intelligence » pas jolie mais dont le seul amour, Jacques Hussenot-Dessenonges, grand bourgeois, donna à notre père son prénom d'apôtre.

Tous ces ratages bourgeois, ces promesses qui ne donnaient rien, ces fictions de pouvoir et d'argent expliquent un peu nos caractères, un certain goût pour la provocation gentille, notre plaisir à jouer peu et à gagner gros. Car les tribulations de nos ancêtres, pour certains le goût de l'alcool et des femmes, pour d'autres leur peu d'entrain au travail nous ont laissé singulièrement nus : tout était à refaire, chance que n'ont pas ceux qui, trop lotis, se contentent de manger le capital, de vendre les quartiers de belle noblesse ou de gérer à la petite semaine leurs rentes, leurs actions boursières, leur nickel... d'où un certain pragmatisme que nous cultivons avec une distance et une ironie bienveillantes, une application à contredire les plus menteurs d'entre nous. Hier encore, dînant à une bonne table, alors que nous parlions peinture, j'ose, en toute sincérité, pour faire valoir nos alliances : « Ma grand-tante Blanche a épousé le célèbre aquarelliste Boutet de Monvel. » Pas de chance, encore une fois : le maître de maison m'explique posément qu'il a très bien connu Bernard – le peintre – et sa femme, qu'il appelle familièrement tante Jenny. Embarras devant une serviette blanche à peine dépliée : pendant tout le repas, on me prendra pour un imposteur. Et pourtant, depuis toujours, mon père me raconte les amours de la tante Blanche et du peintre célèbre. Qui ment ? Ce n'est pas toi, Patrick, qui vas me répondre...

Partagé entre une bonne aristocratie qui tousse en feuilletant son Bottin mondain, à peine étonnée de ne point nous y trouver, et une grande bourgeoisie vivant depuis l'âge de ses premiers rallyes jusqu'à la maturité du cercle Interallié ou de l'Automobile Club dans l'autarcie arrogante de ses faits d'armes industriels, je revendique nos origines terriennes, notre enracinement au cœur de la France : visions de l'arrière-grand-mère Keraudrun avec sa coiffe campagnarde et sa dentelle, images de ces femmes modestes placées comme gouvernantes dans de respectables familles (nous vient peut-être de quelque bâtardise cette facilité à côtoyer les vieilles souches ?), des ancêtres tailleurs de pierre-marbriers ou marchands de vins en gros...

Mais tout cela n'est que foutaise, Patrick. Aucun de ces épouvantails de généalogiste scrupuleux ne nous rendra notre Virginie : que m'importent blasons, certificats de bonne conduite, lettres du roi ou cadastres avantageux. Je ne veux que ma sœur. Et tandis que tu cherches plus profondément dans le début de ce siècle, j'ai fait le voyage vers nos parents pour les interroger sur ce chaînon bien manquant.

16.

Patrick

28 décembre

Tu voulais un blason, tu en auras deux. Regarde d'abord sous la voûte de l'escalier de Crech Maneger Noz. Tu trouveras sur bronze mes armoiries : « De gueules au chardon d'or ombré d'azur en chef, en pointe au macareux d'argent becqué, allumé et membré d'azur, perché sur son rocher de sable dans une mer d'argent ondée d'azur, à la cotice chargée d'hermine brochant. » C'est joli et ça ne veut rien dire. Une passionnée d'héraldique les a créées pour moi. Je les ai adoptées. Tout comme plus tard, je fis mien le sceau d'un homme illustre, Pierre Poivre, anobli en 1766 et découvert dans le *Grand Armorial de France* : « D'azur à une grappe de poivre d'or feuillée de sinople et fruitée de gueules, au chef d'argent soutenu d'une fasce de gueules en divisé et chargée de trois cœurs de gueules enflammées du même. »

Trois cœurs de gueules enflammées... Tu as reconnu les Enfants terribles de la rue de Talleyrand, les deux jumeaux et l'importun, celui qui nous sépara pour la première fois de nos parents : tu fus bien innocent, petit frère, mais pour te permettre de venir au monde dans de bonnes conditions, on nous éloigna de Reims pendant l'été 1958. Maman vécut mieux sa fin de grossesse et son accouchement ; je fus malheureux au-delà du possible dans notre home de Villars-de-Lans. Virginie, insouciante comme à l'habitude, me permit de tenir jusqu'au télégramme qui nous annonça le 30 juillet qu'il faudrait désormais jouer à trois et casser – pour la première fois – notre couple. Dix ans plus tard, c'est Virginie qui dit « pouce » et quitte la partie. Nous revoilà à deux.

Puisqu'il nous faut fouiller nos entrailles, va revoir nos parents en Normandie. Tu comprendras mieux.

17.

Olivier

1ᵉʳ janvier 1982

Ils restent silencieux. Il y a dans cette pudeur à m'apprendre quelque chose une souffrance refusée. La mère n'a plus sa fille, le père a fait un enfant pour rien et nous restons entre garçons. On t'aime ici, Patrick. Ta jumelle parle en toi. C'est auprès de nos parents que nous sommes le moins loin d'elle. J'ai voulu passer les fêtes avec eux.

Difficile de dresser un portrait des géniteurs : parfois le sentiment inouï de tout leur devoir. Leur amour commun, aussi, qui ne m'échappe pas, plus magnifique encore avec les années.

Père et mère sont, je ne le sais que trop, mes points faibles. Qu'on y touche et je mords, je tue, je hais. Trop facile de dire ceci ou cela. Là encore, je suis reconnaissant. Dévotion extrême qui ne pardonne pas à Virginie la peine qu'elle leur a faite. Mon amour pour eux, c'est l'instinct. Le duplicata biologique : mes petites oreilles d'Ariane, don du père, le nez cassé, signe du caractère maternel. Mes cheveux sont à eux, mon regard leur est dû. Mais aussi la culture, la réflexion : c'est à vingt ans que j'ai vraiment mesuré leur importance en les quittant. Évalué, en accord avec eux, les distances respectables. Partagé l'expérience du deuil, après avoir célébré les bienfaits de la naissance. Mon obsession est biologique : mon sang, le leur, le tien, le plaisir qu'ils ont eu à transformer la rencontre génétique en véritable éducation de l'amour. La beauté de la mère, étourdissante. Je ne veux pas qu'elle meure. La bonté du père, presque unique. Je ne veux pas qu'il meure. Leur persévérance à être témoigne de la survie parmi nous de Virginie.

Lui, d'abord. Son odeur, encore l'eau de Cologne mêlée au suint de sa peau : ma manière animale de renifler dans son dos, d'y sentir sa paternité, de l'embrasser un peu trop pour l'embarrasser, pour qu'il se débatte, heureux et respecté. Je lui dois un sentiment indescriptible : une odeur, « mon » odeur, que je retrouve de temps en temps dans la campagne, dans la rue, sur des objets. Cette odeur, je l'ai apprise, enfant à dix ans, en fouillant dans une armoire où ma mère avait pieusement conservé ses souvenirs de guerre. As-tu jamais déniché ce trésor, Patrick ? De quoi nous convaincre tous les deux, nous les réfractaires au service militaire, de nous engager... Ouvrir ce tiroir, c'était laisser échapper mille histoires ressassées : comme une partie des jeunes de la classe 42, appelés au STO, notre père devient réfractaire. Il se cache, ne part point, se réfugie dans une propriété bourgeoise de Saint-Pantaly-d'Exideuil en Dordogne. Début 44, découvert par les gendarmes, file à quelques kilomètres de là, dans une ferme. Le paysan ravitaille un maquis en formation, lui propose de le rejoindre. Méfiance, il craint une obédience communiste, ce sera non. Quarante ans après, il reviendra sur les lieux : tous les types du réseau ont été massacrés dans un vallon par les Allemands. Instinct de survie, prudence, courage, faiblesse ? Je l'ai échappé belle, me dis-je, lorsqu'il me raconte, une larme au coin de son bel œil bleu, son pèlerinage. Sentiment de l'aléatoire de ma venue au monde. Et la suite ; sa planque à Paris dans l'immeuble de sa mère presque entièrement occupé par le haut commandement de la Kriegsmarine...

La conversation devient alors délicate, épidermique. Traqué, il s'engage le 1er avril 1944, au 1er régiment de France à Dun-sur-Auron, retrouvant une légalité. Grâce à un ami de sa mère, il est reçu à Matignon, par M. de Villiers-Terrage, représentant de Laval à Paris. Laval, Pétain ? Ça n'est pas si simple : le seul régiment autorisé par les Allemands va libérer l'Indre et, dissous, devenu 8e cuirassiers, contenir les Allemands sur la poche de Saint-Nazaire et protéger Nantes : Nantes, la ville de naissance de celle qui allait devenir deux ans plus tard sa femme... En attendant, pendant le terrible hiver 45, sept mois, terré à même le sol, la vie dure. L'Algérie, les boys, les voitures avec chauffeur, les courts de tennis de Brighton, les vacances british du joli garçon, tout cela est loin.

Mai 1945, désillusion pour celui qui pensait faire carrière dans l'armée : admis au premier stage de Coëtquidan avec les fils de Lattre et Leclerc, il ne sera pas reçu. Décision politique ? On lui rappelle que le 1er régiment de France, c'est Pétain. Et Pétain... C'est ici que se niche la blessure intime de l'homme-père. Il n'a pas démérité, mais pétainiste comme la France le fut, il ne piétinera pas le portrait du Maréchal. Il continuera à essayer de comprendre sa vie durant, avec ses chers livres : Isorni, Blond, Amouroux... comprendre sa vision à lui de l'histoire, celle de la fidélité à la promesse donnée, ce qu'il nomme idéal. Car l'homme, s'il a les deux pieds sur terre, a la tête dans les galaxies : un rêve que bousculera un peu violemment sa femme, farouche gaulliste. Tu te souviens des fous rires que nous avions tous les trois lors de ces duels à peine mouchetés qui les opposaient : notre mère le traînait devant le poste de télévision pour assister aux émissions sur la déportation, la résistance, le grand Charles... Il l'accusait de tout confondre, elle entonnait la Marseillaise. Homme à voter Mitterrand au deuxième tour pour barrer la route à de Gaulle, il s'épanouira dans le sourire de Jean Lecanuet : c'est la France social-chrétienne, la France du centre qui lui plaît. Pas un poil d'extrémisme, l'homme est doux, rêve de la paix : pour lui, l'armistice de 40, c'était une forme de paix. Il n'aime pas les conflits : certainement fut-il très affecté du « merde, quel est ce con ? » que poussa Abel Gance, lorsque, preneur de son improvisé, il se fit chasser d'un plateau de tournage après vingt-quatre heures d'emploi... Le film d'Abel Gance se tourna sans lui, c'était *Le Capitaine Fracasse*.

Son mariage doit tout au mystère de l'amour. À sa recherche de la femme. Mère absente, père lointain. Fils unique, pas de Virginie ou de Patrick pour miroirs. Une semaine après sa naissance, il est mis en nourrice dans une ferme de Pierrepesant, près de Chartres, chez des braves gens. Le fils de bourgeois parisiens sera élevé jusqu'à six ans chez des paysans, lait de chèvre et tartines d'ail. Ne voit pas ses parents. Indésirable ? L'enfant est repris pour deux ans par les géniteurs mondains, parents porteurs avant l'époque. Puis placé chez les Eudistes jusqu'à treize ans, pensionnaire. Ne voit encore que peu ses parents : chaque dimanche est un bonheur exagéré. C'est sa faiblesse à lui que d'être un fils honnête, ni rancunier ni trop démonstratif : belle Gabrielle qui viens de perdre ton Numa, ne te plains jamais de la discrétion de ton fils. Tu l'as obsédé, pour te rejoindre à Oran en août 1940, il fera des pieds et des mains...

Là-bas, tu n'es pas vraiment seule, chère grand-mère. Le beau colonel Numa t'a accompagnée. Plus juste : tu as pris la poudre d'escampette, laissé de côté un mari trop faible à ton goût pour rejoindre Numa Castelain, commandant en chef de la base d'Oran, puis de celle d'Alger. Douce Algérie, n'est-ce pas ; le petit Jacques à vos côtés, ravi de ce nouveau père qui l'enchante avec ses galons, ses histoires drôles, ses coucous et ses légendes, se fiche bien de l'adultère. Ici, il est heureux, peu de goût pour les études. Virginie se moquait gentiment de ce père qui n'a jamais réussi à nous imposer de travailler, laissant l'autorité entre les mains de sa femme : « Sais-tu, Olivier, m'avait-elle demandé au lendemain de son baccalauréat (une tradition veut que les trois enfants l'aient obtenu à quinze ans), comment Papa a eu son bachot ? On lui a donné l'oral, parce qu'en juin 40, les Allemands ont débarqué au lycée de Châteauroux où il s'était inscrit ! »

Virginie laissait aussi entendre que tu préférais le billard et les jolies femmes aux études de droit. Les femmes... C'est vrai, mon petit père chéri, que tu es beau, encore blond à plus de soixante ans[*]. Que ton équité (ce n'est pas de l'indifférence, mais une manière pour toi de ne pas faire de différence entre tes enfants) est parfaite. Ta fille t'a donné du souci et, soucieux de la bonne marche (affective, financière, morale, professionnelle, etc.) des choses, cela t'a déplu. Mais tu n'en diras rien. Avec ce zeste de jolie impuissance qui fait ton charme. C'est ta femme qui tranchera, fera les mauvaises besognes, se chargera de l'essentiel. Car l'essentiel pour toi, c'était de nous apporter de quoi manger. Madeleine-France donnait la becquée : et moi, pour la fête des Pères, je t'écrivais de longs poèmes où j'exaltais ton ardeur à gagner notre salaire, insistant sur la sueur conséquente au transport de tes lourdes valises de représentant. Dévotion à ta croix.

Près de quarante années durant, tu fus confondu avec ce salaire ; mais tu continuais, obstiné, à nous élever en feuilletant dans tes chambres d'hôtel quelque roman d'époque. Le macaron VRP sur la voiture, des valises de démonstration plein les mains, des semaines entières à parcourir les routes d'Ardennes, de Bourgogne et de Champagne pour faire miroiter au petit chausseur du village la pantoufle chevrette, le Louis XV à la mode et le mocassin de toujours ; une épopée multicartes qui nous rendait étrangers les uns aux autres. Notre mère, seule comme les femmes de chalutiers, digne et bonne éducatrice, nous apprenait la magie de ton retour parmi nous. Huit mois

---

[*] Patrick à Olivier : J'aime la description qu'en fait son livret militaire : « visage ovale, cheveux blonds, yeux bleus, nez rectiligne ». La définition du cercle parfait...

durant, dans tes éternelles Citroën breaks (avec les petits sièges arrière pour la marmaille, on se croyait en autobus), la quête des affaires. Et Virginie, toujours indiscrète, de demander si la saison avait été bonne. Toi, jamais optimiste, prévoyais le pire pour l'année suivante, parlant de ton modeste fixe, omettant de dire que, de petits hôtels en petits hôtels, tu gagnais bien ta vie. Notre mère qui souriait de tes angoisses et te couchait, parfois, lorsque rentrant de ces longues pêches miraculeuses, tu te plaignais de fatigues, de ton foie : la sempiternelle bouteille d'Hepatum, jaune-vert, sur la table de chevet. Mauvaise mine, mais toujours l'air d'un Tintin de luxe, bien mis, rigoureux et séduisant : tes petites manies du retour, ta précision astronomique, tes gamineries, ton goût pour le déguisement non stop : une robe de Maman, deux fruits sur la poitrine, une perruque, du rouge aux lèvres, des bagues aux doigts, sac à main, tu nous faisais rire. Ton côté « homme libre, tu chériras toujours la mer », ta manière de faire des pieds de nez à cette existence laborieuse.

Virginie encore qui débarque dans le salon, où tu devais concocter, contre les conseils de Maman, quelques placements désastreux type Garantie foncière, et qui hurle, fière de sa trouvaille : « Faites l'amour, pas la guerre. » Toi désemparé, qui avais fait les deux et ne comprenais pas qu'on puisse choisir. Maman, maîtresse femme, qui poursuit l'effrontée dans tout l'appartement en se mettant soudainement à parler allemand : son côté Uhland dévastateur. Et devant ce trop de passion grotesque, de peur certainement qu'on nous rudoie – jamais tu n'osas nous réprimander –, d'implorer ta femme de ne point nous corriger : c'est toi en fin de compte qu'on fustigeait. Elle, faisant semblant de tomber les bras, bien satisfaite qu'on arrêtât ses élans furieux, mais vexée à l'extrême que tu ruines son autorité par ta peur des coups. Votre jeu mutuel, toujours pris au sérieux (panique d'un côté, colère de l'autre), vous les deux parents amoureux. Virginie qui renchérit le lendemain en écrivant au gros feutre noir sur le meuble à musique où tu passais incessamment l'unique disque de ta collection, *Les Bonbons* de Brel : « La seule excuse de Dieu, c'est qu'il n'existe pas », une citation qui lui semblait le comble de l'extraordinaire, un auteur qu'elle orthographiait « Nitch ». Madeleine-France, férue germaniste, de répliquer : « Nicht *Nitch*, kein vacances si toi continuer, wollen Sie se taire, petite fille », le tout sur un rugissement d'enfer. Et toi, Jacques, garçon obéissant, de faire silence et d'aller remonter ton réveil, pour ton départ à l'aube. Ces obsessions qui nous agaçaient : mettre à l'heure la montre, poser le porte-monnaie dans le tiroir de la table de nuit, les boutons de manchettes. Sans parler de ma découverte à douze ans en fouillant dans votre chambre : les petits ballons de caoutchouc talqué roulés sur eux-mêmes. Sachant qu'il t'arrivait d'avoir un sommeil difficile, je ne doutais pas un instant que ce pût être autre chose que ces fameuses boules Quiès pour insomniaques. Il est vrai que Molière et Rabelais parlent de ces « enfants nés par l'oreille ». Tout de même...

Mais parce que tu es généreux de ton temps et de ton cœur, grand militant de la cause de tes enfants, cette note très tendre pour finir, cette odeur que je te dois et dont je ne me départis jamais : dans un autre tiroir de commode, ton calot militaire, pieusement conservé et plié par notre mère. Il avait échappé à l'antimite généralisé de la maison. Ce petit chapeau bleu marine avec lequel je paradais devant une glace, ta croix de guerre à ma boutonnière, en criant sans trop savoir pourquoi : « Vive la France Libre. » Ce morceau d'uniforme jamais lavé après son rude séjour dans les casemates et la boue, ce calot en feutre grossier que je suis venu renifler chez toi ; cette odeur obsédante, partout recherchée, trouvée parfois, ton odeur, une odeur de sainteté. Gratias, Pater.

18.

Patrick

18 janvier

Comme toi, j'ai voulu retarder le moment où il me faudrait parler de ceux qui nous ont mis au monde. J'ai cru pouvoir m'en sortir en m'échappant vers nos aïeuls, en me laissant aspirer par le charme de l'histoire reconstituée, par la magie de l'irréel et du mal connu. Je ne veux parler que de nos ancêtres mythiques. Des femmes qu'on a statufiées tous deux, du coin de l'œil. Mais ces femmes me ramènent toutes à notre mère, à des odeurs de crêpes le jeudi au goûter et de chocolat chaud après la classe.

Tu n'étais pas encore dans le coup, petit frère, et je n'aurais jamais exhumé ces souvenirs-là si tu n'avais pas évoqué une Madeleine-France qui fut, dix ans avant ton arrivée, une autre mère pour moi.

Aussi loin que je me reporte, je n'ai pas de souvenir plus ancien que celui d'un petit bateau bleu que mes parents m'auraient offert lors de mes premières vacances à l'île d'Oléron. Virginie en avait eu un rouge. La chronologie m'apprend que je n'avais pas encore trois ans. L'empreinte du bonheur peut-elle marquer si tôt la mémoire ? Souvenirs fabriqués ?

Second rêve éveillé de gosse : un chuchotis de conspirateur, un air gêné de mère qui me met la puce à l'oreille. Une absence, celle d'un de mes petits camarades de maternelle, une absence qui se prolonge. Le garçonnet ne reviendra jamais en classe. Il a été assassiné par son père qui, dans un accès de démence, tua toute sa famille. Plus tard, le cinéma s'en empara. Ce fut *Sept morts sur ordonnance*... Ai-je vraiment vécu ainsi l'horreur ? Ne me la suis-je pas à mon tour mise en scène ? Clichés flous, souvenirs épars, mémoire filtrante, reconstitution. Tabous.

Ce soir, je sèche. Je flaire l'obstacle. Tu as si bien parlé de Papa. Tu vas sans doute bientôt parler aussi justement de Maman. Moi, je n'y arrive pas. Ils dansent trop devant mes yeux. Ils sont, en un mot, trop vivants. J'ai peur d'être indécent, de les blesser, de me blesser. Ton impudeur extrême ne parvient pas à faire sauter mes verrous. C'est qu'elle prend, à mes yeux, des allures infantiles. Au fond, tu n'es peut-être pas vraiment sevré et je crois t'admirer en te le disant. Après Reims, tu as conservé ta chambre, tes habitudes à Andé chez les parents. Tu sais sauter pour un rien dans un train vers la Normandie. Moi, j'y ai toujours l'air de passage, en visite. Mais plus s'éloigne l'enfance, plus je me sens proche de ces parents. Ils ont cessé de garder mon passé, comme on garde un cimetière. Je suis sûr qu'on n'a pas eu le même terreau de départ, tous les deux, pas les mêmes parents. Avec Virginie, on t'a préparé le terrain, on te l'a enrichi d'engrais. Et lorsque, l'été qui accompagna le retour du général de Gaulle au pouvoir, tu présentas pour la première fois ton crâne plat au soleil de juillet, la besogne était accomplie. Nos parents avaient terminé leur mue. Il leur restait, dix ans plus tard, à déménager, à quitter Reims pour la Normandie. Toutes racines coupées, ils se refaisaient une santé et te redonnaient une enfance moins contrainte sans doute, plus douce, plus solitaire aussi. Tu étais seul, nous étions deux, indissociables comme Carmen et la Hurlette, les deux clochards qui prenaient leurs quartiers de nuit, face à notre immeuble, passage Subé.

Tout me lie à Virginie, dès que je force un peu ma mémoire, que je la mets à mal. Et je n'ai pas envie. Je ne puis décidément toucher à personne ce soir. La nostalgie est trop à vif. Seules des odeurs se glissent sous la porte. Celle de la rue Clovis, notre modeste premier domicile rémois, mon lieu de naissance. J'y suis retourné l'autre jour. Ça ne sentait pas bon. La vieille margarine, la poubelle pas fraîche. L'immeuble accuse, comme mes souvenirs, la décrépitude.

Odeur tenace ailleurs, rue de Talleyrand, celle du cuir. Pendant dix ans, nos promenades dominicales furent bornées par les quatre magasins de chaussures qui pantouflent dans un mouchoir de quelques dizaines de mètres carrés face à la maison. Relevés de prix à la main, Papa nous entraînait à la devanture de ces commerces. La devanture de sa vie de labeur, celle qui cachait si bien l'arrière-boutique de ses rêves, de ses envies brimées. Aujourd'hui, je le sais épanoui et je le remercie de tant s'être dévoué pour nous. Dans l'autodafé de mes souvenirs, nous brûlions avec Virginie les lacets, les cirages, les embauchoirs, les vignettes, les blouses grises, les Semaines du Cuir, les prix de laçage du petit frère doué, les lettres à en-tête relues dix fois : Établissements Charles Labelle, Saint-Pierre-du-Vauvray, Eure... Pourtant, comme un bon chien fidèle, il a choisi de passer sa retraite à l'ombre de l'ancien maître, à Andé ; à quelques kilomètres de l'usine mère, de l'usine ogresse qui nous vola tant de ses semaines de père de famille. Il nous revenait au bout de dix ou vingt jours, malade d'angoisse et de devoir. Et nous deux, hypnotisés par la télévision et peu démonstratifs, nous lui faisions mal sans le savoir. Je ne le comprenais que le lundi matin, quand je l'entendais se préparer à l'aube, occuper irraisonnablement la salle de bains, avant de partir à contrecœur. Lui, le minutieux qui, tu l'as si bien dit, préparait au cordeau ses journées de labeur, oubliait toujours quelque chose en quittant le matin femme et enfants ; comme si tout lui était prétexte afin de retarder ces départs pour de modestes épopées de représentant sur les routes glacées du Doubs et de la Haute-Marne.

Je t'ai alors aimé très fort, Papa, autant que Maman qui faisait la fière pour nous laisser entendre que la vie continuait... Mais rien n'est jamais pareil dans une maison sans père. Les mères occupent toute la place, distribuent tendresse et autorité... J'ai tout gardé de Maman, si puissamment qu'aujourd'hui encore je ne saurais en parler. J'ai goûté jusqu'à nos affrontements, nos tête-à-tête de caprins têtus, les centimètres d'influence que nous nous volions l'un à l'autre malgré l'arbitrage bienveillant de Virginie. J'en ai voulu à ma mère pour une injustice, pour une bibliothèque dont elle m'avait accusé d'avoir forcé la serrure. Mais je l'ai adorée pour sa complicité, pour son courage, pour sa droiture torturée par l'épreuve ou la tentation.

Je ne sais pas parler de mes parents. Ne m'y oblige pas.

19.

Olivier

25 janvier

Pourquoi t'excuser ? Ta pudeur m'oblige à parler différemment de notre mère. Je vais la regarder avec les yeux de Virginie qui me disait, avant de s'absenter pour toujours : « Toi ? une histoire de préservatif défectueux. Petit Olivier né du hasard, pas vraiment voulu, un accident »... Je n'aimais pas tes mensonges, Virginie, ni ces histoires de boules Quiès avariées : sans doute Madeleine-France avait-elle exercé un trop grand empire de mère sur toi et cherchais-tu maladroitement à te défaire d'une Jocaste à la féminité rivale. Car mère et fille étaient, à la maison, nos deux idoles : aimées et redoutées. Et toi Virginie, ma marraine (on n'avait trouvé personne d'autre), qui, parée du devoir médical de la sœur, te dévoues pour m'éveiller malgré moi à la sexualité : avant d'être transformé en petit juif épidermique, je te dois, quotidiennement pendant six mois, mes premières érections. Le va-et-vient de ton poignet consolateur sur le phymosis de mon sexe, à décoller, sur prescription du pédiatre, tous les matins : rude besogne pour une professionnelle précoce de dix-huit ans[*]. À la mère incombent les nobles tâches. En elle, je retrouve un peu de cet enthousiasme juvénile tempéré par un goût outrancier de la domination. Tandis que sur mon corps les traces de Virginie m'apparaissent souffrances, les marques de la mère ne sont que douceurs, et pourtant, lorsqu'il s'agissait de me raisonner, ces longs ongles rougis de femme, enfoncés dans l'intérieur de mon poignet. Sa manière à elle de me prendre la main et de me conduire, laissant son empreinte dans la chair, là où il était bon que j'aille : enfermement dans ma chambre, privation temporaire d'affection et de nourriture, babioles ordinaires qui me plaisent infiniment aujourd'hui. Et à toi, Patrick ?

J'ai trouvé dans notre mère plus d'une explication à nos délicats mensonges de frères : il y a en elle tout le terreau nécessaire à l'épanouissement des fables que nous disséquons maintenant. Car si notre père dit obsessionnellement la vérité sans toujours nous convaincre de son bon droit, nous adhérons immédiatement aux fabulations élégantes de Madeleine-France. C'est elle la grande romancière : une mère de littérature que nous envieraient Proust ou Albert Cohen. Et elle, sûre de son succès, de m'accueillir hier, en lisant ostensiblement *Le Livre de ma mère* : géniale composition, talent inouï. Parce que pour elle c'est question d'honneur que d'être crue, elle développe la plus grande énergie pour rendre crédibles ses aimables fictions : « les fables de la mythologie unies aux mensonges du roman », disait Chateaubriand, grand connaisseur. Il ne s'agit nullement de

---

[*] Patrick à Olivier : Tu n'en rajoutes pas ?

développer des contre-vérités : ses chères inventions sont là pour lui sauver la vie. Pour bâtir la cohérence de son récit rêvé, pour interdire à quiconque d'avoir prise sur elle. Notre mère a écrit sa vie avant de la vivre : en chacun de ses actes, elle se conforme à la trame idéale qu'elle s'est choisie. Encaissant sans broncher les démentis que lui fournit chaque jour la réalité de l'existence. Rôle écrasant pour cette comédienne surdouée, définitivement isolée dans ses songes théâtraux.

Mieux que nulle autre, elle sait, à table, se faire valoir, suspendre les conversations. Un silence pour l'entendre dire encore une fois (mais c'est toujours le même plaisir de la répétition amoureuse) : « J'avais dix-neuf ans, j'étais vierge, il m'a prise, je l'ai gardé toujours. » Bien sûr elle insiste sur sa fidélité essentielle à l'époux, l'hymen de sa jeunesse. Mais tout cela, rentré en elle ordinairement, m'apparaît soudain à vif. La mère sursoit à la disparition de sa fille. Une femme, sous la pédagogue, parle avec son extrême sensualité, sa belle peau nue et jeune encore, ce plaisir de la beauté. Sait-elle l'impression que fait sur moi sa confession rituelle ? Je crois entendre, par la musique, le plus beau début de roman que j'aie jamais lu. Une petite nouvelle d'une cinquantaine de pages de Vivant-Denon, écrite en 1777. Un titre superbe, *Point de lendemain*, et une histoire qui commence ainsi : « J'aimais éperdument la Comtesse de... ; j'avais vingt ans, et j'étais ingénu ; elle me trompa, je me fâchai, elle me quitta. J'étais ingénu, je la regrettai ; j'avais vingt ans, elle me pardonna : et comme j'avais vingt ans, que j'étais ingénu, toujours trompé, mais plus quitté, je me croyais l'amant le mieux aimé, partant le plus heureux des hommes. » De ce jour, Maman devint l'admirable Comtesse de...

Si nos parents ne sont plus les amants de vingt ans, le temps a renforcé la proximité de leurs corps, vérifié et idéalisé l'amour : séduite par notre père entre deux voyages à Alger au sortir de la guerre, fiancée par correspondance et épousée en deux temps trois mouvements, elle a gardé intactes ses qualités de jeune fille. La belle allure (cette photo qui fait pâlir mes fiancées quand elles me visitent...), un goût irrépressible pour l'indépendance (la solitude, la conversation avec elle-même, son roman intérieur, ses pages d'écriture à nulle autre qu'à elle destinées), un mépris très maîtrisé des valeurs bourgeoises ordinaires, voilà son héritage : sans omettre une aisance contrainte, son habileté à manier le faux et à transformer la pierre en or, son « culte des arts ». Si, à la naissance de son troisième enfant, son piano a disparu, remplacé par le culte domestique de la machine à laver, des détergents et du chiffon à poussière, ses « belles choses » sont tout son monde, égoïste et protecteur : les grandes sculptures de son amie Josette Hébert-Coëffin, les livres reliés de ses parents, les vitrines inanimées des bibelots de famille. Les photos de ses enfants qu'elle sait sortir de ses cartons à chacune de nos visites, les plaçant bien en vue... Cette maison-musée de Normandie que je viens de retrouver, repeinte tous les deux ans, lustrée chaque semaine ; derrière ces grands pans de propreté maniaque, ses vérités à elle, métaphysiques. La plus femme de toutes les femmes : une angoisse qui ne s'épanche jamais, une résolution à toute épreuve qui doit cacher désordres et fantaisie. Ne l'interroge pas sur Virginie,

Patrick, elle esquivera. Madeleine-France veut élever le faux au rang de vrai : ce Nescafé qu'elle verse discrètement dans la cafetière... Ses clips de grands magasins qu'elle aime faire passer pour des bijoux de valeur : nul snobisme ou vanité, seulement ce désir de se faire respecter par-dessus tout.

Madeleine-France est femme à qui l'on ne résiste pas ; toi-même Patrick, comme saint Augustin, si petit garçon devant sainte Monique sa mère, tu ne fais pas le poids. C'est à peine si tu sais pourquoi tu ne t'épanches pas plus auprès d'elle. Virginie, elle, ne dédaignait pas le corps à corps, la prise violente de bec, voulant mesurer ses jeunes griffes à la ruse du rapace exercé : leurs luttes ressemblaient aux joutes nocturnes des chats sur la terrasse de l'appartement rémois. Leur manière de se parler et de s'aimer. L'issue du combat était certaine : orgueil blessé mais silencieux de Maman, contusions et débandade pathétique de Virginie.

L'empire de Mother me plaît : je ne connais rien ou personne qui puisse s'y soustraire. Il y a dans son diktat impitoyable la loi de la jungle, la sélection par les espèces, l'idée selon laquelle seuls l'art et la manière sauront faire la différence. Sa religion est naturelle, bien qu'elle feigne parfois la foi mystique et s'applique à la pratique religieuse : mais son père Jean-Baptiste, franc-maçon de passage, avait omis de la faire baptiser, composant son prénom d'une pénitente et du grand Anatole, écrivain qu'il révérait.

Œdipe et Olivier n'ont en commun que la première voyelle de leur nom. Tu dis mon amour infantile, cher frère... Plutôt que de me crever les yeux avec sa fausse broche ou de m'aveugler à trop la regarder, l'exemple de Madeleine-France m'offre chaque jour d'y voir un peu mieux en moi-même : lorsque tu avais déserté Reims avec Virginie pour vivre à Paris boulevard Saint-Germain, et que notre père gagnait son dix-neuvième Tour de France de la chaussure, Maman et moi avons fait notre chemin ensemble. Comparé nos enfances, décidé de nos limites, statué des règles mutuelles de l'affection. Adoré le silence, le respect de chacun, prôné l'admiration réciproque et exigeante. Nous sommes aussi partis tous les deux à Palma de Majorque, avons visité la chartreuse de Valdemosa, lu George Sand et écouté des Polonaises de Chopin qu'elle avait jouées dans sa jeunesse. Ce furent mes premières échappées en compagnie d'une femme. Virginie fuguait alors pour toujours.

À Reims, nous nous échappions aussi, filant parfois jusqu'à notre maison de La Chapelle-Heurlay, ou gagnant le parc de Pommery et ses allées cavalières, la grande piscine découverte et son ping-pong, les sablières monumentales de Jonchery ou les travées du cimetière du Nord. Nous allions alors enterrer tout ce qui lui restait de famille ; sa mère venait de mourir, nous condamnant dans quelques mois à quitter cette ville où nous avions été élevés. Marie morte, Madeleine-France était sans traces derrière elle. Son ventre portait l'avenir de la dynastie, lourde responsabilité. Virginie avait été mise entre parenthèses. Ne restaient que Patrick et son cadet. La mort d'une mère, c'est une autre vie qui commence. Peut-être voulait-elle dire : il y a avant la mort d'une mère et il y a après la mort d'une mère.

S'il existe un *après-ta-mort*, cette vie nouvelle qui commencera empruntera ses mots à saint Augustin. Tu sais, Maman, ces *Confessions* que je t'ai données à lire pour te flatter ? Augustin y fait le récit de la mort de sainte Monique : « Un jour, dans sa maladie, elle perdit connaissance et fut un moment enlevée à tout ce qui l'entourait. Nous accourûmes : elle reprit bientôt ses sens, et nous regardant, mon frère et moi, debout auprès d'elle, elle nous dit comme nous interrogeant : "Où étais-je ?" Et à l'aspect de notre douleur muette : "Vous laisserez ici votre mère ?" Je gardais le silence et retenais mes pleurs. Mon frère dit quelques mots exprimant le vœu qu'elle achevât sa vie dans sa patrie plutôt que sur une terre étrangère. Elle l'entendit, et, le visage ému, le réprimandant des yeux pour de telles pensées, puis me regardant : "Vois comment il me parle", me dit-elle, et s'adressant à tous les deux : "Laissez ce corps partout ; et que tel souci ne vous trouble pas. Ce que je vous demande seulement, c'est de vous souvenir de moi à l'autel du Seigneur, partout où vous serez." »

Voilà, Patrick. Saint Augustin, aussi grand fût-il, avait aussi un frère aîné et une mère. Notre alliance est, tu le vois, bien ordinaire. À la recherche des femmes... Une famille qui souffre de cette carence, de leurs disparitions prématurées, de l'abandon des mères, de la trahison des épouses, du looping raté de la sœur. Heureusement, notre sainte Monique à nous a mis un peu de son corps dans les nôtres. *Laisse son corps partout* et souviens-toi de notre mère là où tu seras. Demain peut-être tu feras le chemin vers sa fille Virginie.

20.

Patrick

22 février

Liberté-égalité-fraternité. Allons-y pour la fraternité puisque saint Augustin nous tend la main. Après tout la Bible commençait bien ainsi. Il fallut qu'un frère tue son *alter ego* pour casser son miroir et exister par lui-même. *Tu quoque, frater…* Aujourd'hui ces histoires-là sont finies. Il n'y aura pas d'Abel, pas de nouveau Caïn. Nous n'avons fait mourir qu'une sœur et son absence nous rapproche, nous soude à jamais.

Depuis six mois, nous courons après les femmes de la famille. Celles qui ont su nous émouvoir à l'enterrement de Numa, celles qui nous donnèrent envie de vertébrer le squelette familial. Et voilà qu'elles nous glissent entre les mains, qu'elles s'évaporent à notre approche. Virginie n'est plus là. Je n'ai pas su parler de Maman, trop présente. Marie nous a quittés. Papa est mis en nourrice. Alexandrine abandonne Jean-Baptiste, Mademoiselle est *out*. Creusons encore, Olivier, nous retrouverons la femme qui nous manque. Et parlons de nous, frères orphelins, de la mort qui rôde et qui danse.

Partout où j'ai voulu dormir,
Partout où j'ai voulu mourir,
Partout où j'ai touché la terre,
Sur ma route est venu s'asseoir
Un malheureux vêtu de noir,
Qui me ressemblait comme un frère...

C'est à Alfred de Musset que je ne cesse de penser depuis que j'ai ouvert ce livre à deux. Dans sa *Nuit de décembre*, il avait, vers nous, agité un fanal. Il y a cent cinquante ans.

Du temps que j'étais écolier,
Je restai un soir à veiller
Dans notre salle solitaire.
Devant ma table vint s'asseoir
Un pauvre enfant vêtu de noir,
Qui me ressemblait comme un frère.
Son visage était triste et beau.
À la lueur de mon flambeau,
Dans mon livre ouvert il vint lire.

À ton tour, tu as lu. Et tu as su. C'est son frère Paul qui nous apprit pourquoi Alfred de Musset parlait si bien cette nuit de la solitude. Il venait de rompre avec une femme – ce n'était pas George Sand – qu'il torturait par sa jalousie.

Plus tard, ce fut encore une femme qui brisa les liens de sang de Victor Hugo et de son frère Eugène. Le jour du mariage de Victor et d'Adèle Foucher,

Eugène, éperdument amoureux, perdit à jamais la raison. Mais il n'est pas de plus belle affection de frères que celle du couple Vincent et Théo Van Gogh. Unis jusque dans la mort, ils reposent désormais dans le même caveau à Auvers-sur-Oise, sans femme pour les séparer.

Je ne pourrai jamais t'écrire une lettre aussi belle que celle que Vincent adressa à Théo, puîné comme toi, un jour de juillet 1880. Cela commence à pas de loup : « C'est un peu à contrecœur que je t'écris, ne l'ayant pas fait depuis si longtemps. Jusqu'à un certain point, tu es devenu pour moi un étranger, et moi aussi, je le suis pour toi peut-être plus que tu ne le penses, peut-être vaudrait-il mieux pour nous ne pas continuer ainsi... »

Pour enfin avouer son émotion maladroite de frère : « Sais-tu ce qui fait disparaître la prison, c'est toute affection profonde, sérieuse. Être amis, être frères, aimer, cela ouvre la prison par puissance souveraine, par charme très puissant. Mais celui qui n'a pas cela demeure dans la mort. »

Je te sais capable de préférer aux Van Gogh, Heinrich et Thomas Mann, séparés par le rideau de fer de l'idéologie, ou Jérôme et Jean Tharaud qui furent les seuls avec les Goncourt à baliser pour nous les chemins de la fraternité littéraire. Mais Jules et Edmond ne se parlaient pas, ne se répondaient pas. Ils se confondaient comme Willy et Colette, Erckmann et Chatrian, Roux et Combaluzier ou Jacob et Delafon. Faute d'obtenir le Goncourt, nous nous tournerons vers Renaudot, qui devait bien avoir un frère, vers Femina, qui aimait sans doute sa sœur, ou vers Interallié, qui, avec un nom pareil, possédait sûrement une ribambelle de frères, de sœurs et de cousins.

Pardon aussi pour nos pistes brouillées. Qu'on ne s'avise pas de dire qu'Olivier écrit mieux que moi ou l'inverse. Tout est interchangé, tout n'est que mensonge. Si ce n'est toi, c'est donc... J'aime les frères de lait, de sang, de race, d'armes, les germains, les consanguins, les lais, les convers, les frères du côté gauche, les demi-frères, les beaux-frères, les faux frères, les frères de la charité, les frères de Bohême, les frères mineurs et tout le saint-frusquin. Il me sied qu'au XVIe siècle, Brantôme ait pu écrire : « Tous deux mettent la plume au vent, comme bons frères jurez de ne s'abandonner jamais et vivre et mourir ensemble. »

Plume au vent et dans l'encrier, nous nous abandonnons aux délices de nos retrouvailles. Nous accueillons en notre sein généreux Romulus et Rémus, Prométhée et Épiméthée et tous les frères de peine, de misère et de joie. Ne chipotons pas, faites entrer sur la piste les Gruss, les Bouglione, les Medrano, les Camberabero, les Spanghero, les Albaladejo, les Taviani, les Schlumpf, les Willot, les Léotard, les Sanguinetti, les Dalton, que sais-je encore. Et puisque tel père, tel frère, pas d'interdit pour les Dumas, les Breughel, les Strauss. Traquons aussi les frères qui se cachent sous des noms différents, Balthus et Klossowski, Giorgio De Chirico et Alberto Savinio (pourquoi n'as-tu pas eu cette audace, little brother ? Tu ne pouvais pas changer de nom ?). Ouvrons nos bras, en souvenir du grand-père Jean-Baptiste, à tous les frères francs-maçons, et, en souvenir de Papa, à tous les frères des Écoles chrétiennes. Mélangeons tout ce monde-là et nous finirons bien par en rejeter les frères estropiés, ce qu'en termes d'alchimie on désigne en parlant de métaux imparfaits. Merci monsieur Littré de toute cette science...

Estropiés comme Jean-Baptiste, mutilés comme tant d'aïeuls, mais hypertrophiés du cœur. Et il me faut jouer sur les mots, courir sur les phrases qui glissent et s'emboîtent, me déguiser derrière les calembours et la fausse pudeur pour te dire ceci, Olivier, très mal : Je t'aime.

Et je te rends à notre sœur qui hésita entre les barricades et les Petits Frères des pauvres, lors de son été de folie 68.

21.

Olivier

17 mars. Saint Patrick

Nice-Brignoles, Marseille-Paris, Reims ou centre de la France, Bretagne d'où je t'écris, je sens bien que Virginie n'est pas là. La désagréable impression de m'en être considérablement éloigné ; je ne retrouve pas notre sœur dans ces élucubrations de la mémoire. Les témoins de sa vie, personnes, objets ou villes ne me parlent guère d'elle : c'est dans l'absence, seule, qu'elle se manifeste. Du côté des femmes encore, des femmes de la famille et du mystère qui leur revient. Chez nous, les hommes ne sont que d'aimables géniteurs, pères reconnus à l'occasion, éducateurs parfois. Nos parents ont mis un frein à cette tradition inhumaine. Interroge notre père : dans ses yeux la recherche éperdue d'une mère trop femme pour servir la cause de sa famille. Dans sa douceur si peu virile, la nostalgie du père, déficient. Et notre mère : elle porte en elle l'ambiguïté de Jean-Baptiste qui, déjà marié et père d'une fille, vit des années durant avec Marie sans l'épouser, fait des enfants et porte la faute de son abandon du premier mariage. Et Mademoiselle, sevrée trop jeune, élevée entre deux cadavres et un père fantôme, Marie encore qui cache à ses enfants sa propre famille...

Virginie, toi et moi sommes nés en période de grande paix interne, dans l'après-guerre de la France : et pourtant, bien que la mort de cette sœur apparaisse accidentelle, cette disparition porte aussi son lot de fatalité. Femme sacrifiée selon l'offrande rituelle.

Il faut chercher de ce côté-là. Du côté de la mère. À Reims, nous sommes sur la bonne piste. À Évaux-les-Bains, pays de Marie, tu te rapproches. À Pionsat, dans ce village triste de Jean-Baptiste, tu chauffes vraiment. Mais si tu veux brûler, Patrick, va à Rio de Janeiro... Pourquoi le Brésil ? À Rio, il y a quelques années, tu as cherché, tu n'as pas trouvé : une tombe encore. La tombe de cette malheureuse femme dont le corps a disparu. Virginie, son arrière-petite-fille, faute d'un corps nous laisse au moins une tombe. Mais à Rio, la tombe faisait aussi défaut : tu n'avais que son prénom, Marie-Alexandrine, et la ville et ses cimetières étaient bien grands pour les deux jours que tu as consacrés à ces recherches.

Le Brésil, c'est notre or à nous. Des gisements aurifères par milliers, des tonnes d'or en cette fin de siècle dernier. Pourtant, ces trésors nous restent singulièrement étrangers. Nos gisements sont ailleurs : dans la terre de Rio, une autre fortune, qui pourrit depuis un siècle. Le corps de la famille, le corps de Marie-Alexandrine. Et si tu brûlais, Patrick, ce jour où tu cherchas dans toute la ville son corps, ne t'étonne pas de cette fébrilité anormale : ta fièvre n'était pas la fièvre jaune de chercheurs d'or. La mère de Jean-Baptiste avait succombé à un autre mal sous les tropiques, une autre fièvre jaune, la vraie. Nom savant de cette peste qui cloua en terre une jeune femme de vingt-six ans ayant quitté mari et enfants pour s'installer là-bas : *vomito negro*. Comme si une fois de plus le jaune de la fièvre était le pendant du noir de deuil. La lumière d'or de Rio se transforme en jaune douteux. Celui dont on revêtait les croix contre les portes des maisons où la fièvre brésilienne avait fait mouche. Étoile jaune pour cette peste moderne. Ce jaune associé à l'adultère quand se rompent les liens du mariage : aux XVIe et XVIIe siècles les portes des traîtres étaient peintes en jaune pour les signaler à l'intention des passants. As-tu seulement cherché, au 99, rue São Clemente, dans un quartier élégant de Rio, quelques traces de cette peinture écaillée ?

22.

Patrick

25 mars

J'ai cherché, Olivier, la rue São Clemente. Les vieux quartiers de Rio sont en ruine. La ville ne m'a pas livré les secrets de Marie-Alexandrine, la Virginie du XIXe siècle : pas de sépulture non plus, les restes de la mère de Jean-Baptiste croupissent certainement au fond de quelque fosse commune. Le mystère de cette jeune femme de vingt-six ans, dont le mari – un incapable, à moins qu'il ne fût alcoolique – est porté disparu, et de ces deux enfants qui nous ressemblaient peut-être (Georges, huit ans, le préféré, et Jean-Baptiste, quatre ans, notre grand-père), nous restera entier. Pourquoi abandonner ses petits en France, à la charge de sa mère, elle-même trahie puis remariée ? Pourquoi Rio, pourquoi le Brésil ? Pour être gouvernante des enfants d'une riche famille partie là-bas... pour gagner l'argent de l'éducation de ses deux garçons en élevant d'autres enfants. L'explication ne suffit pas.

Si cette mère qui fut refusée à Jean-Baptiste nous plaît tant, Olivier, c'est parce que sa conduite est insolente. Arrivée le 23 février 1888 dans la baie de Rio, Marie-Alexandrine ne retournera jamais en France. Adieu à ses enfants. Le 16 février 1889, aux environs de midi, deux gosses, Georges et Jean-Baptiste, sont orphelins.

Dans son dernier message, leur mère disait : « Le temps de se reposer est venu. » Ces lettres qu'on lisait à Jean-Baptiste, trop jeune pour déchiffrer l'écriture presque furieuse de sa mère, et qu'il garda toute sa vie, je viens de les lire pour la première fois. À ton tour, Olivier, tu vas assister à *une mort en direct*, à cette chronique de la fièvre jaune. Il y a cent ans, Marie-Alexandrine ouvrait la série fatale des femmes : un jour, il nous faudra aller à l'île Maurice comprendre cette malédiction, savoir pourquoi les plus jeunes de nos femmes vont se perdre dans le lointain monde.

Peut-être Jean-Baptiste n'a-t-il épousé sa première femme que parce qu'elle s'appelait aussi Alexandrine ? Et sa seconde, notre grand-mère, Marie ? Notre Virginie à nous a son prénom en littérature. Je te parlerai un jour du roman de Bernardin de Saint-Pierre. En dix lettres, voici celui de Marie-Alexandrine.

Lettres de Marie-Alexandrine Tabarant à sa mère.

Rio, le 4 mars 1888 :

> *Prends courage, chère mère, reçois notre malheur avec patience, je partage avec toi les peines de notre malheureuse destinée : c'est dans l'intérêt de mes enfants que je suis partie. Un mois et deux jours de voyage pour gagner un peu d'argent, à l'autre bout*

du monde, pour eux : je n'aurais pas laissé des enfants à autre que toi. Ton mari ne te rendra jamais heureuse, c'est bien qu'il soit parti. Ne te fais pas de mauvais sang, dis-moi toutes les peines que les hommes te font.

Rio, le 6 avril 1888 :

Mon beau-père t'a menti en disant que je lui avais emprunté de l'argent. Quand bien même je serais sans un morceau de pain, je n'en demanderais pas à mes parents. Si jamais je reviens un jour, je me vengerai d'un pareil mensonge, si sa folie ne lui passe pas. Jamais je n'oublierai cette infamie, cette canaille, je suis hors de moi. Éloigne mes enfants de ce monstre… je travaille dur pour les nourrir, mais pas lui. Je t'envoie cent francs pour leur trousseau. Et crois-moi bien, je ne ferai pas le sacrifice d'aller m'exposer à attraper les mauvaises maladies du Brésil pour cette canaille. Je lui en veux trop.

Rio, le 9 mai 1888 :

Je ne reçois pas de nouvelles de vous, suis très inquiète. As-tu reçu l'argent ? Je te renvoie cent francs encore par le bateau ; je paie le change bien cher. Tes affaires avec cet homme t'empêchent-elles de m'écrire ? Je veux que les enfants pensent à leur pauvre mère, je fais assez de sacrifices. Je ne vois pas grand-chose à te dire, il y a beaucoup de fièvre jaune à Rio, cela continue de plus en plus, c'est terrible.

Rio, le 11 août 1888 :

Toute notre pauvre famille est bien éprouvée de tous côtés ! Les trois cents francs que je t'avais envoyés le 10 mars se sont perdus en route. Tu peux penser combien j'ai pleuré, c'était le travail de deux mois, je ne pouvais pas sortir car j'avais beaucoup de boutons ce jour-là... j'avais donc prié la femme de chambre de porter l'argent au port. Elle a pris cette somme à son nom, je ne pouvais imaginer cela. Mes nouveaux maîtres font des démarches pour la faire arrêter, elle est partie à Porto Alegre avec des Brésiliens, c'est à quatre jours de voyage de Rio. Le consul de France s'occupe de l'affaire. Il dit que sa signature la condamne à la prison pour le restant de sa vie.

Rio, le 28 septembre 1888 :

Je devais partir pour Para, mais j'ai été malade. Les chaleurs sont très fortes, de pire en pire : il fait trop chaud, nous emménageons dans une autre maison où il y a plus d'air. Envoie-moi un modèle par la poste : car je voudrais faire des petits costumes pour les enfants, mais j'ai peur de me tromper. Ci-joint cent francs, je suis inquiète de savoir s'ils t'arriveront. Je demande seulement au bon Dieu de me donner la santé, le courage. Ma maladie ne doit pas t'inquiéter : l'argent perdu y est pour quelque chose. Le médecin dit que j'ai une maladie de cœur, mais que pour l'heure ce n'est pas dangereux... j'ai ressenti des battements pendant trois jours, les nerfs m'ont fait très mal. J'ai des médicaments à ma disposition. Je travaille quand même à mon ouvrage, rien n'en souffre, et personne ne le sait ici. Donne à mes enfants tout ce qu'il leur faut, tout ce qu'ils désirent pour l'école...

Rio, le 27 octobre 1888 :

Ayons confiance en Dieu. Il nous donnera des forces pour supporter notre vie, n'oublie pas qu'il a souffert pour nous. Je me remets un peu de cette maladie : dans notre nouveau logis, l'air est moins suffocant, il y a de l'ombre en permanence. Mes nouveaux maîtres sont très humains avec moi et avec leurs enfants, je retrouve un peu les miens que tu soignes si bien.

Rio, le 29 novembre 1888 :

J'espère que mes deux petits apprennent bien. Il faut que le grand fasse sa première communion au lycée, c'est très important, il a une si bonne volonté, il faut le pousser. S'il apprend bien les sciences et les arts, il aura une carrière plus lucrative que sa pauvre mère : je ne vis et travaille que pour eux, personne ne pourra me reprocher d'être dans cette fournaise. Comme je ne suis pas bien instruite (mais tu n'y peux rien), je serais si heureuse qu'il ait une bourse pour continuer : ce mois je ne peux leur envoyer une étrenne. Achète-leur quelque chose en disant que c'est moi, je te rembourserai. Il ne faut pas qu'ils m'oublient. Lis-leur toutes mes lettres.

Rio, le 29 décembre 1888 :

Ces quelques mots pour terminer l'année 1888. Je suis allée quelques jours à la campagne pour laisser passer les fièvres de Rio. Donne aux enfants de l'huile de foie de morue ou de la poudre de fer qui rend le sang plus fort : quand je suis partie, ils étaient bien faibles et c'est pendant la croissance que le sang se fortifie. Moi qui suis faible, comme je serai heureuse de les revoir, dès que j'aurai assez d'argent.

Rio, le 27 janvier 1889 :

Merci de la lettre de mon petit que je garde dans mon ouvrage. Dis-lui que sa bonne mère aimerait lire plus de huit lignes de lui, que ce paresseux gentil prenne plus de temps pour penser à moi et me montrer comme il écrit bien. Je t'envoie cent francs, le change est hors de prix. Ma meilleure amie n'a pas profité de son travail : elle vient de succomber à la fièvre jaune. Ses parents ne savaient pas qu'elle était fille mère et sans mari : j'ai gardé le secret, mais maintenant j'ai dû leur écrire qu'il y avait ici un enfant orphelin qui leur appartenait. C'est le bon Dieu qui l'a châtiée alors que moi je prospère : trois heures d'agonie et deux de maladie pour la punir. Quant à toi, soigne-toi bien, ne fais plus rien, le temps de se reposer est venu.

Lettre à une amie des parents
d'Alexandrine Tabarant.

Madame,
Je me décide à vous écrire sans vous connaître, pour vous charger d'annoncer aux parents de mon amie la nouvelle de la mort de cette pauvre : nous passons en ce moment un moment terrible, la chaleur est intense, la fièvre jaune est excessivement forte, le monde meurt comme des mouches et la pauvre Alexandrine, pas encore acclimatée au pays, a payé son tribut à la terrible fièvre. Je suis bien triste de l'avoir perdue, surtout que s'il n'y a pas de pluie bientôt, nous allons la rejoindre très vite. C'est moi qui l'ai ensevelie avec ses bijoux. Elle s'est trouvée malade dans la nuit et le matin de bonne heure, le médecin est venu : mais mon amie était trop nerveuse et plus on est nerveux, plus la fièvre jaune vous attaque avec force : cela a été un vrai coup de mort.

Maria Chauvet

Certificat de décès d'Alexandrine Tabarant.

Je soussigné, Eduardo De Amabal, greffier de la justice de Paix et Officier de l'État Civil de la paroisse de Logoa, certifie qu'aujourd'hui (16 février 1889) à midi, est décédée de la fièvre jaune : Marie-Alexandrine Tabarant, originaire de France, âgée de vingt-six ans. De son état civil : veuve. Le déclarant ignore de qui et ne connaît pas non plus la filiation de la défunte. Elle a laissé deux enfants dont il ignore les noms et l'âge et qui vivent actuellement en France. Elle demeurait rue São Clemente, nº 99, où elle est décédée.

23.

Olivier

6 avril

Nous pouvons être fiers de Marie-Alexandrine. Lire ses lettres, c'est l'exhumer. Remonter la chaîne jusqu'à notre sœur. Faire défiler à vitesse précipitée la galerie des portraits.

D'abord le fils Jean-Baptiste, nœud de l'intrigue. Cloué dans son fauteuil, un poids lourd sur la langue qui l'empêche de parler, le corps inerte. Une torture générale du corps qui ne lui permettait pas de répondre quand nous l'interrogions sur les siens : ses parents, ses aïeuls, nous ignorions tout. Tout juste savait-on de cet homme que, parti de chez lui à douze ans, achetant du chocolat cassé et des livres pour se nourrir, il s'était fait poète. Et n'avait jamais retrouvé les siens. Personne.

Mais l'infirme avait fait des recherches à notre usage. Avait écrit des centaines de lettres, aux mairies, aux paroisses, rêvé de paternités fabuleuses, dessiné, comme nous l'avons fait à sa suite, des arbres généalogiques avantageux et trop élégants. Avait voulu trouver la mine d'or, n'était tombé que sur la fièvre jaune. Avait vendu du caoutchouc pendant des années parce qu'il se croyait peut-être l'enfant de quelque gros producteur d'hévéa du Brésil que sa mère serait partie retrouver là-bas. Et n'avait découvert que cette femme, placée comme gouvernante dans une famille européenne venue faire fortune à Rio de Janeiro. Désenchantement.

Toutes ces démarches de la vanité, ces correspondances d'un orphelin qui se cherche un père et une mère, ces paquets de lettres entourés d'un caoutchouc dérisoire, je les ai ici auprès de moi. C'est notre mère qui les a découverts : elle te les a donnés parce que tu étais l'aîné. Et hier, en arrivant à Trégastel, j'ai trouvé sur ton bureau l'ensemble. Sans doute t'apprêtais-tu à me raconter leur histoire ? Tu n'avais pas eu le temps de tout lire, ces vieux manuscrits n'étaient pas tous ouverts et leur odeur de cadavre décomposé, de fièvre jaune à l'état larvaire s'est offerte à moi. Puisque je te devance de quelques heures, puisque aujourd'hui tu n'as pas tout pris sur ton passage, je me glisse dans la mémoire de ces vieilles choses : et c'est moi, déchiffrant ces écritures approximatives, à l'orthographe douteuse, qui vais t'en faire le récit.

Première réflexion : ce goût de *l'embelli*, à ne pas confondre avec l'ambition des parvenus, ne nous est pas propre. Une telle mythomanie ne naît pas spontanément : tout cela nous vient de Jean-Baptiste. Relis la lettre assez froide du marquis de Vogüé, répondant aux envois successifs de notre grand-père : « Monsieur, j'ai bien reçu vos courriers et la série de sonnets que vous avez consacrés à notre commune région et plus particulièrement au village de Vogüé sur les terres duquel le château de ma famille a été édifié. Bien au fait de la généalogie des miens, je suis néanmoins désolé de ne pouvoir souscrire à votre hypothèse concernant un possible lien familial entre nous : quelque erreur de votre part est certainement la source de ce rapprochement incongru. En vous remerciant encore... Marquis de Vogüé. » Sévère leçon, le poète est renvoyé à ses vers qui sentent un peu fort le *Dictionnaire de rimes*, à son Assistance publique et à sa solitude de petit orphelin en recherche de paternité : nous avons pris, toi et moi, cher Patrick, de semblables coups de règle sur les doigts.

Vogüé lui étant aussi cruellement interdit, Jean-Baptiste dut se retourner vers une hypothétique noblesse d'Empire : encore le mot « noblesse » doit-il être pris dans son acception générale ! Un noble pour nous, c'est disons un colonel, faute d'avoir été général... bien qu'il nous soit extrêmement aisé, si on nous le demande, de faire monter en grade n'importe quel fantassin de réserve qui porterait notre nom. Mais puisque Jean-Baptiste tenait sous la main un colonel, son arrière-grand-oncle, je ne résiste pas au plaisir de te le présenter : Gilbert Desmaroux (en un seul mot, j'insiste bien), né à Montaigu, Puy-de-Dôme, le 29 août 1765. Quant à ses états de service, ils te feront bien voir, cher Patrick, de quel bois nous sommes faits. Imagine les poussées d'orgueil de l'orphelin Jean-Baptiste lorsqu'il dénicha pareil trésor dans l'état civil de sa famille : parti comme soldat au 23ᵉ régiment de ligne en 1785, le bonhomme est tranquillement fait colonel en 1813. Il rentre alors en France, est nommé par l'Empereur commandant supérieur de la place d'Hesdin (où est-ce ?) puis, honneur suprême, commandant supérieur de Saint-Omer.

Les campagnes du colonel Desmaroux ont dû faire rêver Jean-Baptiste, grand adorateur, comme notre père, de Bonaparte : notre Gilbert a suivi le petit Corse dans l'armée des Alpes, dans la campagne d'Italie. Sans parler de la Grande Armée : batailles d'Ulm, d'Austerlitz (nous avons un héros qui pourra dire : « J'y étais »), d'Iéna et d'Eylau où, dit le relevé de services signé en 1959 par Cossé-Brissac, alors chef du service historique du ministère de la Guerre, « Desmaroux commanda *par intérim* un bataillon de chasseurs à pied de la Garde ». Le « par intérim » est extrêmement blessant : comme si nous devions notre gloire aux défections des autres... mais ce Cossé-Brissac est bien obligé de reconnaître que notre aïeul, avant d'être fait prisonnier (par capitulation forcée), a commandé – et cette fois pas par intérim – les sorties faites par la garnison de Stettin, en Prusse. Il est vrai qu'elles aboutiront à la reddition de l'armée française...

Tu remarqueras en passant, mon frère d'armes et de sang, qu'ayant – grâce à sa Bravoure, son Courage et son Intrépidité – été fait chevalier de la Légion d'honneur et chevalier de l'ordre de Saint-Louis par Louis XVIII en personne, notre cher Desmaroux fut aussi blessé gravement au bras droit en l'an II : cette fameuse piste du « bras droit » que tu signales... Pierre Poivre, notre ancêtre intendant de l'Isle-de-France, amputé du bras droit, François Nore, frère de notre grand-mère Marie, revenant de la guerre, le bras droit arraché, le général Georges visé à l'épaule droite et Jean-Baptiste lui-même dont la paralysie commença sur tout le côté droit : rien d'étonnant alors que la branche maternelle de la famille développe depuis longtemps de fortes valeurs sociales, levain d'une vraie pensée de gauche... Jean-Baptiste, lui-même radical-socialiste, prendra le pseudonyme de son oncle Desmaroux, pour écrire ses articles dans *Le Travail*, journal aux idées avancées.

Jean-Baptiste trouva dans ses recherches un autre militaire, qui, faute d'être galonné (il resta brave soldat), lui était plus proche : son grand-père, Pierre Tabarant, le père de Marie-Alexandrine. D'un empire à l'autre, c'est de Napoléon le Petit et du siège de Sébastopol qu'il s'agit dans les lettres que le jeune Pierre envoyait à ses parents. En voici deux, Patrick, qui t'en diront long sur l'ouverture d'esprit de notre ancêtre.

Andrinople, le 18 juin 1854

> *Nous sommes dans un beau pays, plein de marchands de vins : le litre vaut quatre sous et quand un homme en a bu un litre, il peut aller se coucher content. Je trouve quand même la religion mahométane bien bête pour nous : dans leurs espèces d'églises, il faut quitter ses souliers, se laver les pieds, la tête et les mains ou bien l'on ne rentre pas. N'importe où ils se trouvent, ils se mettent à genoux quand le soleil se couche : je vous promets qu'ils font ces singeries. Je me suis fait du mauvais sang de les voir faire. Nous serions quand même heureux de boire avec eux mais jamais ils ne vous offriront un verre de vin car c'est défendu dans leur pays et ils*

préfèrent chanter toute la nuit, cela les rassure. Nous sommes les premières troupes françaises jamais venues à Andrinople : le pacha, qui nous a passés en revue, nous a dit que nous étions de bons soldats qu'il choisirait pour son escorte. Ce n'est pas étonnant, car ses troupes sont bien mal organisées et vont sans souliers aux pieds ! Les hommes sont tout à fait malpropres, nous sommes mis comme des princes envers eux et en plus ils se promènent dans les rues avec leurs chapelets. Des soldats comme j'en vois en Turquie, il pourrait y en avoir dix contre moi et je resterais vivant : jugez que dans le civil, ce sont des poltrons avec des ceintures montées de deux pistolets et de deux poignards. Si les Russes ne sont pas plus malins que les Turcs, je vous promets que dans six mois, il en manquera à la pelle, car il n'y a pas d'armée aussi bien montée que la France...

Devant Sébastopol, le 23 juin 1855

Je ne suis pas mort encore, chers parents. Pourtant, dès qu'il y a un assaut, les chasseurs sont au créneau. Le général Pélissier nous a dit que nous avions la meilleure renommée...

Cette nuit, nous avons pris une batterie de mortier qui était sur le bord de la mer, à côté de Sébastopol dont nous faisons le siège : huit cents hommes de la garde ont été massacrés, sans compter les mille huit cents hommes hors de combat. Ce ne sont pas des combats, mais des boucheries. Nous ne sommes plus qu'une centaine d'hommes valides sur près de cinq mille.

Vous me demandez des nouvelles de Deblous : il a été tué dans cette affaire, cela me fait de la peine de le dire à sa pauvre mère. Il a eu le crâne de la tête (sic) *emporté par un boulet. Je vous promets qu'il n'a pas souffert. Nous étions de bons amis ensemble…*

Dites-moi si l'Autriche a vraiment déclaré la guerre à la France ? Quant à moi, apprenez que les Piémontais sont tous arrivés : ils ne sont pas mauvais soldats, le costume n'est pas vilain et ils parlent tous français.

Depuis ma blessure, on m'a proposé de rentrer deux mois en France : j'ai refusé car comme j'ai vu le commencement du siège, je voudrais en voir la fin. Et quand on est soldat, on est soldat. Il n'y a que les flâneurs qui rentrent chez eux. Ce n'est pas gentil, car si tout le monde faisait cela, il n'y aurait personne pour défendre sa patrie.

C'est la dernière lettre de ce Tabarant, curieux personnage à la destinée déjà écrite : un goût assez prononcé pour le vin, comme tu le remarqueras, Patrick. Le 14 septembre de la même année, il sera à Eupatoria en Crimée. Gagnera avec ses camarades la bataille de l'Alma le 20 septembre. Alma, Crimée, Sébastopol, des noms qui passent vite le temps d'une rame de métro, aujourd'hui. Et pourtant, pendant onze mois, Tabarant devant Sébastopol verra les siens périr et dépérir, victimes de la faim, du froid, des armes ou de nombreuses épidémies. Mais il saura résister aux virus les plus contagieux. Il laissera la fièvre jaune à Marie-Alexandrine, sa fille. Une fille qui ne connaîtra pas longtemps son père, trop porté sur la boisson. Une fille qui, devenue femme, ne vivra que quelques années avec son mari, lui aussi alcoolique. Le cycle maudit commence : Pierre Tabarant laissera sa fille à moitié orpheline qui elle-même quittera trop tôt ses enfants, Jean-Baptiste et Georges... Et Jean-Baptiste avec sa première fille... et Virginie qui nous laisse orphelins, tous les deux.

Pierre Tabarant, qui n'aimait pas la religion des Arabes et fit le siège de Sébastopol en Crimée comme on va au bureau, par habitude et nécessité, allait mourir quelques années plus tard dans une étrange affaire : commissaire de bal, il fut, par méprise, dit-on, éventré par un crochet de chiffonnier.

24.

Patrick

18 avril 82

Eh bien, mon frère… Quelle hécatombe ! Tu me diras sans doute que si ton chiffonnier s'était emmêlé les crochets, notre ami Pierre Tabarant aurait quand même achevé son temps sur terre avant la fin du siècle. Et qu'Alexandrine la Brésilienne, son mari Ferdinand le Noceur, Jules le Suicidé, Desmaroux le Colonel d'Empire, Jean-Baptiste le Poète, Marie la Thermaliste auraient bien fini par rejoindre *ad patres* Pierre l'Assassiné.

N'empêche… Ce qu'on retient toujours de ces grands reportages dans le passé, c'est essentiellement la mort des gens. Aussi embellie que leur vie, réfléchie par nos yeux de gamins qui se racontent des histoires. Depuis le duc de Guise, plus grand mort que vivant, les familles se réécrivent la vie des aïeux à partir de leurs actes de décès. Nos mémoires sont encombrées de cimetières. On se cogne contre les chapelles funéraires, les tombeaux, les dalles sacrées, les croix prétentieuses ou vermoulues.

Avec toi, Virginie, c'est plus facile. À chaque

fois qu'on a ouvert, il n'y avait rien en dessous. Rien en Champagne, en Normandie, en Bretagne, en Auvergne, en Provence... Tu nous as fait battre la campagne, courir le monde, au Brésil, aux États-Unis, en Crimée. Je sens bien qu'il ne nous reste plus que l'île Maurice. C'est là-bas que nous irons un jour.

Puisque notre dialogue s'achève, Olivier, et que je n'ai plus envie de fouiller nos plaies vives, même par jeu, je peux répondre aux questions de ta première lettre. Pourquoi cette tombe vide à Brignoles, à côté de celle de Numa ? Pourquoi le nom de Virginie, comme celui d'une locataire qui a envoyé des arrhes pour garder la place mais qui ne se présente jamais ?

Les réponses, je les connais depuis la naissance d'Arnaud, mon fils, le 1er mai 1972. J'étais persuadé d'avoir alors une fille, qu'évidemment j'avais prévu d'appeler Virginie. Cela faisait quatre ans que j'étais sans jumelle. Quelques heures avant l'accouchement, Maman me fit une confidence qui me bouleversa. « Si c'est une petite Virginie, me dit-elle, sache que la nôtre n'a pas disparu aux États-Unis comme on te l'avait dit. Mais dans un accident d'hydravion, sur la barrière de corail entre La Réunion et Maurice, à quelques mètres de l'île d'Ambre. » On ne retrouva aucun des quatre occupants de l'appareil. Pourtant, quelques semaines plus tard, le consul de France fit part de la découverte d'un corps méconnaissable, une femme. En attendant les opérations d'identification, les parents, qui avaient choisi Brignoles pour prendre leur retraite, achetèrent une concession et firent creuser une tombe pour notre sœur. Ils n'eurent pas à aller jusqu'à Port-Louis reconnaître leur fille. La noyée n'était pas la leur, il y avait eu méprise. Virginie doublement exilée... Depuis, la tombe attend, à l'ombre des ifs, qu'on veuille bien l'habiter.

Nous n'avons pas réussi à lui donner vie. Ces deux siècles explorés pour rien nous auront seulement permis de vérifier le mot de La Bruyère : « Il n'y a pas de famille dans le monde qui ne touche aux grands princes par une extrémité ; et par l'autre, au simple peuple. » J'ai aimé notre balade chez les marquis et les soubrettes, chez les financiers et les paysans, les faux nez et les masques de carnaval. J'en reste tout embrouillé, je n'ai toujours pas retrouvé ma sœur mais j'ai rencontré un frère. Ton ardeur à la tâche m'a aidé à faire revivre la Belle au bois dormant.

Virginie, où es-tu ?

Olivier, je t'embrasse comme un frère et je referme le livre. À Trégastel au bord de la mer, au cœur de nos enfances croisées, il ira rejoindre le sommeil de Virginie, notre île sœur.

DEUXIÈME PARTIE
L'Île sœur
(Françoise Poivre)

1.

Curepipe, ce 25 août 1983

Mon cher Olivier,
Je suis sans foi ni loi. Incapable de tenir une promesse. Et sottement masochiste. Rouvrir des blessures, sans même rouvrir le livre. Mais c'est un peu de ta faute. Quand tu m'as annoncé, l'été dernier, vouloir passer tes vacances à l'île Maurice, je n'ai rien voulu te dire. Mais je n'ai pas aimé t'imaginer indolent, dragueur et bronzé sous les bougainvillées qui pleurèrent jadis la mort de notre sœur.

Tu me renvoyais trop l'image de ma propre insouciance, lorsqu'il y a douze ans, je fis une première fois escale à Maurice pour les besoins d'une émission de radio, celle qui devait me mettre le pied à l'étrier. Comme toi, j'ignorais tout. Comme toi, je me baignais dans ces eaux qui lui servirent de tombeau. La petite sirène était au fond de l'océan Indien, et je ne le savais pas. Elle me narguait, elle te nargua onze ans plus tard. Elle s'est toujours un peu moquée de nous, Virginie. Déjà, à l'école maternelle, on la jugeait plus douée que moi. Plus tard, elle sut enjôler les messieurs, amuser les amis de la famille. Je la regardais dans l'ombre ; on ne me voyait pas ; elle m'adressait de temps à autre un regard qui me sortait du néant et m'y replongeait dans la seconde : on n'avait d'œil que pour elle.

Bien sûr, je sus ensuite m'imposer, moi l'aîné de deux minutes. Les projecteurs choisirent de s'intéresser à moi parce qu'elle avait disparu. Elle était sous les eaux et me regardait comme Abel. Le soir, en regagnant l'hôtel Saint-Géran, j'avais juste conscience d'une absence, pas d'une présence. Elle nous avait alors quittés depuis mille jours.

Cela fait tout juste quinze ans aujourd'hui. C'est pourquoi j'ai voulu lui dire bonjour, seul, sans rien dire.

Cette fois-ci, je ne suis pas retourné au Saint-Géran parce que son histoire est trop liée à celle de Virginie. Magie de Bernardin de Saint-Pierre, d'un prénom, d'une disparition en mer, du mystère de l'île d'Ambre. Trop de hasards. J'ai l'impression de pouvoir bientôt traquer notre héroïne, ce que nous ne sûmes pas faire il y a deux ans dans notre ébauche maladroite de livre à quatre mains.

Sans doute le voulions-nous trop fort. Aujourd'hui, je ne forcerai pas le sort. Je le laisserai venir à moi. Rejoins-moi très vite. Tu goûteras le charme des galops à l'aube, au milieu des cerfs et des cannes à sucre, la tranquille assurance de l'accent des Franco-Mauriciens qui se regardent mourir avec panache, et l'exubérance des demoiselles hindoues. Leurs yeux chavirés d'opium me disent que tu as dû faire des ravages ici, l'été dernier.

On t'attend.
Et je t'aime.

Patrick

2.

Paris, 2 septembre

Patrick,
Alors ? Fini les doigts croisés, le journal à quatre mains et deux frères, c'était trop beau... Toujours ton fichu goût du départ, de la fugue organisée. Et moi, plus sédentaire que jamais : nous avons trouvé dans ce voyage aux sources familiales, nos racines. Je les mange maintenant, je mastique ma coca, je chique notre chiquet de frères, prenant mon mal en patience, attendant ton retour. Mais comme je n'aime pas beaucoup les romans épistolaires du XVIIIe siècle et que je leur préfère notre ping-pong improvisé, je n'ai plus qu'une envie, féroce : te rejoindre là-bas. Prendre le premier charter, via le Kenya, traverser l'Afrique d'un bond, pour continuer notre partie sur le terrain de Virginie. Faire du bateau-stop sur l'océan Indien pour m'échouer un proche matin dans la vase de Port-Louis.

Car moi-même, onze ans après toi – onze ans, toujours onze ans – j'ai été complètement bluffé : mon premier grand voyage hors du Vieux Continent, l'été dernier, ce fut cette île. Et tu ne disais rien, tu m'as laissé faire, tu m'as même donné des adresses là-bas : Espérance Bécherel, le vieux chercheur de trésor qui a transformé la côte ouest en vrai gruyère à force de creuser ses pièges à cons, Auguste Toussaint, l'archiviste incollable, sir Seewoosagur Ramgoolam, l'indéracinable papa-indépendance, Gaétan Duval, ministre-play-boy qui circule à cheval dans Curepipe, Paul Béranger, le plus blanc des politiciens noirs, formé au socialisme français.

Et tous les écrivains, bien sûr, les spectres opiacés de Paul-Jean Toulet, le passage de Bernardin de Saint-Pierre, de Baudelaire qui fait son apprentissage de l'exotisme en dix jours et qui flirte avec une pulpeuse créole avant de retourner pour toujours en France démêler ses chevelures et vider son laudanum. Robert Edward Hart, l'élégant poète qui mourut en ascète. Les aïeux de Jean-Marie Gustave Le Clézio, l'une des anciennes familles mauriciennes. Sans oublier, bien sûr, le plus grand, chapeau feutre renversé sur son crâne alchimique, Malcolm de Chazal. Celui qui vient de mourir, et que je présente dès lors, en préfaçant ses livres, comme mon ascendant. Usurpation, me diront les descendants offusqués de ce fou, salué par Breton, Paulhan, Bataille, Ponge, Senghor ou Abellio comme le grand génie du siècle ? Pas si faux que cela, Patrick. Heureusement pour moi, en épousant Véronique, tu t'es allié aux Desmarais… et les Desmarais, c'est l'une des grandes castes de Maurice, cousine des Chazal ! Je ne m'en sors pas si mal, avec les alliances.

Moi-même à Rivière Noire (ô la magie des noms de l'ancienne Isle-de-France : Curepipe, Flicq en Flacq, Trou d'Eau Douce, Trou aux Biches, Souillac, Moka…), j'ai failli me marier et m'installer en gros planteur de cannes à sucre, ventru et un poil esclavagiste. J'avais mis nos grands hommes entre parenthèses et boudé les archives de ce Pierre Poivre qui, en me piquant mon nom deux siècles plus tôt, m'avait ravi la vedette dans l'île.

Une fois épuisée la curiosité pour cette île protéiforme, multiraciale et hybride, j'ai cherché *à munir*. Ignorant qu'en draguant dans les eaux de Virginie, je commettais un sacrilège. Que mon premier bain dans le lagon bordé de filaos m'apprenait à nager entre la carcasse d'un hydravion et la dépouille livrée aux requins d'une sœur qui n'arrivait jamais à destination. Rétrospectivement, l'envie de vomir sur cette « Isle bienheurée », chantée par Ronsard. Je me suis gavé de ces tranches d'Afrique, ces tranches de France, d'Angleterre, d'Inde ou de Chine, ces tranches de sœur faisandée : j'ai marché sur ce cadavre familier. Sous la plage, le squelette ; sous l'émeraude de la mer, ces fichus récifs et des bouts de carlingue rouillée. Je me suis empiffré de quartiers saignants de cerfs, de « graines » de babouins (leurs couilles), j'ai cru manger du dodo, ce gros canard ventru disparu depuis quatre siècles : c'était de la sœur que j'ingurgitais à doses massives.

Mais silence, *motus et bouche cousue*, la consigne était bien gardée, personne ne me parla de cet accident d'avion entre la Réunion et son île sœur – les âpres épiciers chinois me proposaient le change avantageux et les pipes réconfortantes d'opium, les pénitents tamouls détournaient le regard à mon passage, tandis que musulmans à bonnets, Indiens en costume d'affaires, Noirs d'ébène ou métis rieurs me vantaient la docilité des petites putains de treize ans de la baie du Tombeau.

Pendant ce temps, treize années que Virginie pourrissait en mer. Picorée par les *blue marlins* dont la chair m'était si agréable, bouffée par le gros thon jaunasse, le wahoo aux lèvres allumeuses, le barracuda, le tazar, déchiquetée par les requins maraudeurs. Et par le poisson vedette de l'île, le cordonnier, comme s'il fallait que le cuir de la famille nous poursuive jusque-là... Je revois ce premier dîner offert par mes hôtes qui, pour m'honorer, avaient préparé un gigantesque plat de poissons et de fruits de mer : des Dames Berry, des cateaux, deux ou trois mitres, des bénitiers succulents (on ne quitte pas le bon Dieu !) et des peignes de Vénus.

Avec de simples coquillages, notre grand-père poète s'était empoisonné à Marseille pour le restant de sa vie. Pas de typhoïde pour le petit Poivre, qui bouffait allégrement de la sœur comme on mange de la vache enragée. Je ne me suis jamais aussi bien porté que là-bas : j'étais à deux doigts de faire mienne une des petites blanches oies de la colonie des six mille Franco-Mauriciens, blanche comme le sucre des plantations de ses parents. Et qui pour me plaire après s'être donnée près de son « campement » me conduisit en scooter par le cap Malheureux du côté de Poudre-d'Or. Blonde Christine, tes cheveux me rappelaient la jumelle. De là, nous allâmes pique-niquer sur l'île d'Ambre. Tu connais, grand-frère.

Hier, j'étais à Lorient. Un aller-retour. Trégastel dans une ville animée, celtique à souhait jusque dans ses bistrots. Je m'ennuyais de toi, Patrick. Une manière de communiquer, en regardant les bateaux qui filent vers l'océan Indien, ce désir de te rejoindre qui me reprenait. Mais je me méfiais. En 1744, une frégate partait de cette rade bretonne et s'échouait quelques semaines plus tard sur la barrière de corail… de l'île d'Ambre. Virginie à bord. Et moi qui me laisse embrasser encore, entre deux reliefs de déjeuner sur l'herbe, par une Christine jamais rassasiée. Et elle qui plonge dans cette flotte maudite, pour se laver du trop-plein de l'amour…

Tu vois, l'île sœur, cela a été mon premier *break* au sortir de l'adolescence. Juillet-août 81, ah ! les belles vacances, les jolies virées dans les casinos du Morne à croupières chinoises inviolables, les descentes dans les cimetières hantés, dans la forêt tropicale quasi vierge. Virginie ne connaîtra jamais.

On l'attend encore, là-bas, il y a de beaux surfers sur la plage de Rivière Noire qui ne s'en remettent pas. Et nous, comme des mouches, on tombe dans le piège à vinaigre bien acide. 1968, la sœur se casse le nez sur les récifs butés. 1971, le jumeau qui la croit perdue dans l'Atlantique fait son premier plongeon à Maurice. 1981, le petit dernier, toujours en retard sur le fil de l'AFP, débarque en triomphateur des vertus créoles.

Tu dois avoir un peu honte d'être parti là-bas apprendre la vie, sans savoir que tu marchais sur son cadavre. Mais tu te tais, je pars à mon tour. Et dans l'avion pour Nice, quand il s'agit d'aller enterrer Numa à Brignoles, tu me laisses dire, te raconter mes frasques sordides : c'était la première fois que je te parlais autant, on venait de se retrouver après être sortis du même ventre, mais ces onze années d'écart ne nous lâchaient point. Il a fallu ce faux livre, écritje-me-demande-encore-pourquoi, pour que tu me dises enfin. Et moi, avec le recul, je ne suis pas fier de m'être laissé prendre à mon tour par ce fatal triangle des Bermudes. Virginie fascinait tout le monde, elle nous était mille fois supérieure et, même morte, il faut encore qu'elle nous happe. Qu'elle nous fasse venir à elle, sans qu'on le sache, qu'elle détourne nos avions. Virginie aimant, Virginie aimante. Virginie cyclone qui nous tord et nous enroule, l'œil de cette fille-cyclone. Virginie-la-Tempête comme l'appelait Mother. Happés, aspirés, consommés tout crus, nous sommes. Une seule bouchée de ses deux frères.

Et toi, tu retournes là-bas, pour prendre ta revanche. Méfie-toi, c'est dangereux. Je crois qu'il faudrait que je vienne. On n'est jamais trop de deux pour se défier d'un fantôme comme le sien. J'ai peur pour ta santé, ton sommeil, ta peau. Cette fois, ce n'est pas comme en 71. Cette année-là, tu étais innocent, naïf. Quelle idée t'avait donc pris d'aller faire là-bas ton premier reportage ? Personne ne parlait de Maurice à la maison, c'est à peine si l'on faisait le parallèle avec Pierre Poivre, si l'on savait qui était ce drôle d'homonyme, sacré depuis ancêtre... tu croyais être le premier d'entre nous, mais trois ans plus tôt, Virginie, en cachette, avait défloré l'histoire.

Maintenant que l'hymen est bien déchiré, laisse-moi te raconter quelque chose. En juillet 71, je participais à une étrange cérémonie, initiatrice, féconde pour l'avenir. Enfant, tu écoutais Radio-Auvergne ou Radio-Luxembourg avec les parents. Cet été, Maman et moi, nous priions les saints de la famille autour du meuble à musique en faux acajou que Virginie avait barbouillé plus jeune. À 18 heures pile, assis comme de vieux Indiens autour du poste, nous branchions France-Inter. Petite musique tout au long des cinq jours de cette semaine fatale : générique d'« Envoyé spécial », une émission concours qui proposait à une trentaine de candidats sélectionnés de faire leurs armes d'apprentis journalistes. Toi, tu avais choisi de partir à Maurice et d'y déterrer un reportage comme d'autres arrachent du corail. *Envoyé spécial !* quel nom prédestiné pour une quête de jumelle. C'était la première fois, dans l'histoire de cette famille bien sage et provinciale, qu'un des nôtres parlait dans le poste. Le début d'une intoxication de luxe que tu allais nous proposer pendant plus de dix ans, à l'heure du dîner. Toi, en 1971, tu ne connaissais rien au journalisme. Mais tu devais déjà être doué. Car tu gagnas les premières éliminatoires. Et six mois plus tard, une fois les candidats passés, tu te retrouvais en finale avec trois autres jeunes gens fous d'images et de son. Tu repars aux Philippines, Manille (sais-tu que Pierre Poivre, quittant la France, y fit sa première grande étape ?). Et tu gagnes le concours : le gros lot, c'est une place à la radio. Ton épopée multimédia commence. C'est pendant cet été-là, à la fois fier, ravi et humilié de cette messe radiophonique organisée par notre mère à l'heure du thé, que j'ai pensé : « Il m'a souhaité le jour de ma communion de marcher sur ses traces, eh bien, je ferai tout le contraire ! » J'ai cru un moment que j'avais gagné mon pari, mon concours à moi. Erreur, j'ai mis mes pas dans les tiens, direction Maurice. Patrick, moi aussi, je ne sais pas cacher mon amour. Bientôt, j'arrive.

3.

Hôtel Touessrock, ce 9 septembre

Cher Olivier,
Je reçois aujourd'hui ton délire épistolaire. Tu me plais parce que tout en toi est théâtralisé, prêt à un usage public. Comme si quelqu'un allait pouvoir lire par-dessus notre épaule.

Pourtant, je n'arrive pas à te croire quand tu me parles de Virginie-goût de poisson. Je suis sûr que tes souvenirs te tirent par le bout du nez, qu'ils jouent sur les mots et que tu finis par les croire, en toute bonne foi. Ce doit être un peu cela, l'affabulation avec laquelle nous ne cessons de flirter depuis le début de nos recherches. Tous en jouent, c'est évident, peu le reconnaissent. Aujourd'hui que je t'ai quitté, à des milliers de kilomètres, j'ai plus de mal à démêler chez toi le vrai du faux. C'est l'histoire de la petite Christine qui m'a le plus excité. J'ai longtemps gardé la carte postale où l'été dernier tu m'annonçais de là-bas tes fiançailles avec ce petit bout de sucre de seize ans. Tu m'as laissé sur ma faim dans ta lettre. J'aurais aimé en savoir davantage. A-t-elle seulement existé ? Que furent tes avances ? Lors de mon premier séjour ici, je connus comme toi une Christine. Mais je ne suis déjà plus très sûr de son prénom. Dans le taxi qui nous conduisait à Grand-Baie, je la regardai dans les yeux. Elle rougit et me tint très fort la main en l'éloignant de son plaisir et de mon désir. Elle avait une petite chaîne en or autour du cou. Je ne la revis plus jamais.

En revenant ici, je pensais très fort à elle, à sa robe de coton blanc, à sa pudeur d'effarouchée. En elle, il y avait toute la candeur du monde, toute sa pureté. Peu à peu, j'en étais arrivé à me persuader que Virginie, elle aussi, était venue retrouver sur l'île cette innocence rompue qui la travaillait.

Dans ses derniers temps – et nous étions très proches puisque, après notre départ de Reims, nous partagions un studio boulevard Saint-Germain –, elle ne cessait de s'exhiber inutilement. Elle me racontait ses expériences sexuelles, ses perversions, parfois même les vivait à quelques mètres de ma porte, à la grande indignation des voisines grincheuses qui venaient sonner chez nous en pleine nuit pour faire cesser son tapage.

Et puis le lendemain, abattue, l'œil vide, elle partageait mon petit déjeuner en parlant de ses dégoûts, de son écœurement devant le corps souillé, de son besoin maladif de se laver, comme pour effacer des péchés qu'elle ne vivait que dans sa chair, dans son âme, pas dans sa morale. Elle était fascinée par le ventre, par le bas-ventre, confondait machine à fabriquer des défécations et machine à fabriquer des enfants. Un jour, je t'en ai déjà parlé, elle se trouva enceinte. À l'époque (quelques mois avant les événements de 68), les mœurs n'étaient guère libérées.

155

C'était Londres ou la clandestinité des chambres de bonne. Avec le peu d'argent que je pus lui donner, elle fut contrainte aux tricoteuses et revint à la maison exsangue, une fin de matinée de février. Elle avait perdu plus que son sang. Lui resta à jamais un mauvais goût dans la bouche. Son sourire triste me fit longtemps mal.

L'impudeur de ses descriptions amoureuses s'estompa mais je savais qu'elle était obsédée par la salissure, par la virginité, comme le fut naguère Maman. Virginie. Virginité. Virginie était.

Je compris sa fuite lorsque les événements de Mai auxquels elle avait largement participé – plus que moi – tournèrent à la farce ratée aux premiers jours de l'été. Elle nous avait claironné son départ pour les États-Unis ; la révolte noire y battait son plein. En fait, c'est ici qu'elle avait rendez-vous...

J'abandonnai la thèse de la virginité retrouvée chez les jeunes filles des îles habillées de lin et de soleil et je suivis la piste du prénom romanesque. Virginie à la rencontre de son homonyme rêvée par Bernardin de Saint-Pierre. Elle avait dû tomber sous le charme de ce roman désuet que les demoiselles d'aujourd'hui ne lisent plus. Pourtant, en deux siècles, on a relevé plus de six cents éditions du livre, en vingt langues y compris l'espéranto, le dilpok et le braille. Hergé publia *Popaul et Virginie au pays des Lapinos*... On fit de l'histoire une centaine de drames, de vaudevilles, d'opéras, de polkas, de valses, de romances...

Trois fois déjà, le *Saint-Géran* avait appareillé à l'île Maurice avant d'entamer de Lorient le voyage qui lui fut fatal. Après s'être gonflé les cales de café à l'île Bourbon, aujourd'hui la Réunion, il mit le cap sur celle qu'on appelait alors l'île sœur, l'île de France. C'est le 17 août 1744, à 3 heures du matin, que le *Saint-Géran* vint se laisser piéger par les récifs de l'île d'Ambre, au nord-ouest de l'île, à une lieue de la côte. Après avoir tenté de relâcher de l'autre côté de l'île dans la bien nommée baie du Tombeau, le navire vint se briser sur le corail. Sur les deux cent dix-sept passagers, neuf seulement réussirent à gagner la côte à la nage. Tous les autres périrent dans les éléments déchaînés. Parmi eux, trois jeunes filles, Antoinette Mallet, Mlle Caillou et Jeanne-Hélène Neizen, que l'histoire se dispute pour imaginer l'héroïne de Bernardin de Saint-Pierre. Virginie n'exista sans doute pas, sa mère, Mme de La Tour, peut-être davantage. Quant à la mère du jeune Paul, abandonnée par son amant, elle n'eut de réalité que dans la tête du romancier.

En revanche, de nombreux témoins du naufrage de 1744 relatèrent la fin d'une jeune fille qui mourut noyée pour n'avoir pas voulu se déshabiller devant un homme. Voici la scène réinventée par Bernardin de Saint-Pierre : « On vit alors un objet digne d'une éternelle pitié : une jeune demoiselle parut dans la galerie de la poupe du *Saint-Géran*, tendant les bras vers celui qui faisait tant d'efforts pour la joindre. C'était Virginie. Elle avait reconnu son amant à son intrépidité. La vue de cette aimable personne exposée à un si terrible danger nous remplit de douleur et de désespoir. Pour Virginie, d'un port noble et assuré, elle nous faisait signe de la main, comme nous disant un éternel adieu. Tous les matelots s'étaient jetés à la mer. Il n'en restait plus qu'un sur le pont, qui était tout nu et nerveux comme Hercule. Il s'approcha de

Virginie avec respect : nous le vîmes se jeter à ses genoux, et s'efforcer même de lui ôter ses habits ; mais elle, le repoussant avec dignité, détourna de lui sa vue.

On entendit aussitôt les cris redoublés des spectateurs : "Sauvez-la, sauvez-la ; ne la quittez pas !" Mais dans ce moment une montagne d'eau d'une effroyable grandeur s'engouffra entre l'île d'Ambre et la côte, et s'avança en rugissant vers le vaisseau qu'elle menaçait de ses flancs noirs et de ses sommets écumants. À cette terrible vue, le matelot s'élança seul à la mer ; et Virginie, voyant la mort inévitable, posa une main sur ses habits, l'autre sur son cœur, et levant en haut des yeux sereins, parut un ange qui prend son vol vers les cieux.

Ô jour affreux ! hélas ! tout fut englouti, la lame jeta bien avant dans les terres une partie des spectateurs qu'un mouvement d'humanité avait portés à s'avancer vers Virginie, ainsi que le matelot qui l'avait voulu sauver à la nage. Cet homme, échappé à une mort certaine, s'agenouilla sur le sable en disant : "Ô mon Dieu ! vous m'avez sauvé la vie ; mais je l'aurais donnée de bon cœur pour cette digne demoiselle qui n'a jamais voulu se déshabiller devant moi." »

Tu penses bien que je ne me suis pas laissé aller sans intentions à l'évocation de la fin de Virginie. C'est dans cette baie du Tombeau que, le 25 août 1968, notre Virginie à nous s'abîma avec son gros oiseau aux pattes de canard, son dodo comme on dit ici. On retrouva l'hydravion, mais sans ses passagers. Ce fut encore plus difficile pour le *Saint-Géran*. Il fallut attendre plus de deux siècles pour qu'en 1966 un plongeur amateur découvre par hasard, de l'autre côté des récifs de l'île d'Ambre, des piastres d'Espagne et la cloche de bord qui, dans la nuit tragique, avait sonné à toute volée pour appeler les passagers sur le pont. Hier, je suis allé la voir au musée de Mahébourg. Elle m'a sonné le rappel de Virginie.

C'est là qu'une rencontre vint à nouveau jouer avec ces souvenirs que nous n'arrivons pas à enterrer parce qu'il y a meurtre sans cadavre. Un homme s'approche de moi. Il se présente : « Paul B... je vous ai vu, hier soir à la télévision, évoquer votre possible filiation avec Pierre Poivre. » Instantanément je pense à toi, Olivier, et je me dis qu'il s'agit encore d'un de ces héritiers qui va me sommer de lui expliquer comment je descends de l'illustre, par la main gauche ou le bras droit... je souris. Nous allons prendre un verre à l'hôtel du Morne. En route, il m'en dit davantage : député depuis cinq ans, c'est l'un des dirigeants du Front social mauricien (né d'une scission avec le mouvement radical) qui rafla presque tous les sièges aux dernières élections. Je le connais de réputation. C'est l'un des très rares Blancs à siéger au sein d'une formation qui recrute surtout chez les hindous et les musulmans, en bousculant tout sur son passage, vaches sacrées, castes, racisme et communalisme.

Nous voilà au Morne. Mon passage à la télévision locale, avec son cortège d'inévitables questions sur mon éclat parisien et sur notre improbable ancêtre Pierre Poivre, a fait en lui l'effet d'une bombe à retardement. Voilà quinze ans en effet qu'il avait enfoui jusqu'au nom de cette jeune fille qui nous obsède depuis quelques mois.

Il l'avait rencontrée dans le couloir de notre immeuble du boulevard Saint-Germain, pendant les événements de Mai 68. Elle descendait l'escalier lorsqu'une charge de police contraint quelques manifestants à se réfugier sous le porche, puis, défaits par les gaz lacrymogènes, dans le corridor. L'alerte passée, les manifestants et les occupants de l'immeuble risquent le bout du nez dehors et voient le spectacle halluciné des motopompes, tous phares allumés en plein jour, remonter à contresens un boulevard libéré de toute voiture. Paul B. retire le foulard qui lui protégeait le nez et dit à sa voisine une de ces phrases de circonstance qui se flétrissent de ridicule en vieillissant : « C'est peut-être con la révolution, mais qu'est-ce que c'est beau ! » Virginie, qui, à l'époque, se préoccupait davantage de son salut que de celui de son pays, le regarde avec amusement, le trouve beau et le suit sur les barricades. À l'angle de la rue Monge et de la place Maubert, elle participe émerveillée à la chaîne pour aider son compagnon.

Ce Paul B., plutôt idéologue, avait beaucoup étudié Lénine pour essayer de l'adapter à l'île Maurice, qui venait d'accéder quelques mois plus tôt à l'indépendance. Virginie, qui vivait comme une nonne depuis février, mit sa défroque aux orties. Plutôt mourir que de se dénuder, avait dit Mlle Caillou sur le pont du *Saint-Géran*. Mlle Pavé n'eut pas ces pudeurs et, telle Éponine, devint l'égérie de la barricade Maubert et de son leader mauricien.

Quelques kilomètres de parcours amoureux entre Denfert-Rochereau, la Bastille, République, l'Odéon et la Sorbonne achèvent de l'embrigader sous la barrière de Cupidon et de Che Guevara. Et quand Paul B.

regagne Maurice pour veiller au grain électoral, Virginie promet d'échanger le billet que nos parents lui avaient offert pour un séjour aux États-Unis, et de venir très vite le rejoindre.

Il ne lui manqua que cent brasses...

En me quittant, gêné, Paul B. s'engage à me faire porter un paquet qu'il avait destiné à Virginie et qui devrait, dit-il, me passionner. Il ajoute : « Un soir, rue Soufflot, au soleil couchant, Virginie grimpa sur mes épaules, un drapeau à la main. Je vis s'approcher un cordon de CRS. Ils la regardaient, fascinés. Et moi, la tête entre ses cuisses, je voyais sa lumière dans leurs yeux. »

Voilà, Olivier, c'est tout et c'est trop.

Ton frère P.

4.

Paris, 12 septembre

Patrick,
Je n'irai pas aux Mascareignes. L'avion d'Air Mauritius, qui s'envole ce soir, décollera de Roissy sans moi. Travail, travail et pas d'argent : je te laisse seul là-bas avec les fantômes de Mahé de La Bourdonnais, ceux des grands marchands de la Compagnie des Indes, l'éternelle moiteur de Port-Louis et les odeurs lourdes de son marché couvert. Friture de gâteaux-piments, odorantes feuilles de carripoulé, curry au massala ou safran sec, chatinis de coco, achards de légumes, je t'abandonne tout cela à regret. Et moi, pendant que tu explores les grands fonds coralliens, j'ai une odeur de barbaque dans la tête.

Te voilà dans cette « perle sucrée » de l'océan Indien comme la nommait Conrad. Depuis que tu m'as appris la mort de Virginie ici, Maurice, pour moi, c'est plutôt la mélasse, l'épais jus de canne qui englue tout à sa suite. L'eau de rose de Bernardin de Saint-Pierre se convertit en eau-de-vie de sucre, collante, lourde, l'arak enivrant dont je me suis gavé l'année dernière pour oublier Christine, sa mamangâteau et son papa-sucre. Août de cette année-là, la récolte battait son plein. On coupait la canne nuit et jour et nous n'avions plus d'abri pour nous aimer. Seul le jardin des Pamplemousses avec ses gros nénuphars en forme de moules à tarte nous accueillait encore, une fois la nuit tombée : un flirt baudelairien dans une allée bordée de talipots, sous « les palmiers d'où pleut sur les yeux la paresse », dans cette allée qui portait mon nom... *Poivre Street*, tu imagines, Patrick, l'orgueil du petit bonhomme !

Avec un nom pareil, je ne peux m'empêcher de jeter à mon tour de la poudre aux yeux, du poil à gratter dans l'échine des redresseurs de torts. Entre la comédienne Annette Poivre et le petit village de Poivre dans l'Aube (431 habitants...), je partais sur le dictionnaire offert par Virginie à la conquête imaginaire de cette île Poivre, perdue, elle aussi dans l'océan Indien, dans l'archipel des Amirantes. Et je traçais des plans sur la comète : sud sud 44 degrés de latitude, est 51 degrés en longitude. Carte d'identité à la main, je comptais revendiquer la propriété de ce tas de roches volcaniques. Poivre-atchoum prenait sa revanche sur les instituteurs fielleux et les camarades de classe mal intentionnés. Car si Poivre n'est peut-être pas très respecté à Reims, à l'Isle-de-France, on nous rend les honneurs que l'on nous doit. *Poivre d'abord*, manière de dire que nous sommes têtus et bretons. Un jour une lettre nous parvient à Trégastel : « On appelait à Carantec le poivre passé en contrebande au XVIIIe siècle, poivre d'Arvor. Votre nom vient-il de là ? » C'est drôle, n'est-ce pas, Patrick ? Personne n'éternue plus à notre passage depuis que nous avons repris le nom de notre grand-père. Nom impossible ? Efficace parce que impossible, impraticable : la graine d'Arvor, le piquant de Bretagne dans le fruit du poivre. Les noms me plaisent, le mien ne me fait plus honte, on s'assaisonne comme on peut.

Dans les présents qu'elle destinait au roi Salomon, la reine de Saba emporta du poivre. Aphrodisiaque propre à incliner au plaisir de l'amour, nous disent les poètes, il entre dans la composition des vins herbés, de ceux qui enfantèrent les amours de Tristan et Iseult. Le XVIIIe siècle mit au monde une « huile de Vénus », une liqueur où le poivre s'alliait au safran et à la cannelle.

Crois-tu, Patrick, que Virginie me contredira ? Elle qui est partie à l'île Maurice mettre des épices dans sa vie et dont le nom s'est à jamais abîmé.

Olivier

5.

À Curepipe, ce 20 septembre

Mon cher Olivier,

J'appréhendais ta lettre. Mais tu n'avais, je le vois, pas encore reçu mon dernier courrier et tu pouvais batifoler comme à ton habitude. Tu tombes bien. Aujourd'hui c'est jour de fête. Le 20 septembre 1715, les Français prenaient possession de Mauritius – abandonnée depuis cinq ans déjà par les Hollandais – et l'étiquetaient Isle-de-France. Et le 20 septembre 1947, deux petits jumeaux se bousculaient au portillon de Madeleine-France. Ce soir, une fois de plus, j'ai fêté notre anniversaire tout seul. Mais j'avais ta lettre.

Elle m'a rappelé que ce désir d'explorer la piste du poivre fut, à nous seuls, commun. Jamais mon père ne nous parla du grand ancêtre Pierrot le Manchot. Quant au grand-père paternel, il était incapable d'aller au-delà de son propre grand-père. « Ça ne se fait pas de demander des renseignements à ses parents », me dit-il en refermant la porte de notre grand livre des aïeux merveilleux...

Avouons-le, jusqu'alors, nous étions plus fiers de notre côté d'Arvor que de son revers Poivre. Petit, mon cœur battait déjà en débarquant du train de Plouarët, face à l'hôtel d'Arvor. Il y avait aussi un bar à Paris, rue de Rennes, et dans la plupart des gros bourgs bretons. Après le tissu, l'épicerie, les salons de coiffure, la restauration... Toujours commercer... Mais l'Arvor, l'Armor, le pays de la mer, ça vous avait une autre gueule que le Poivre qui faisait rire. L'Argoat, le pays de la terre, n'avait pas non plus de secrets pour moi. Je fouillais cette Bretagne qui n'était pas suffisamment nôtre – une mère née à Nantes, des ascendances paternelles – pour enfiler comme un vêtement qualités et défauts des Celtes. Poivre et Celte, disaient mes petits camarades qui, comme les tiens, éternuaient sur mon passage.

Pour me venger, je fis de Pierre Poivre le découvreur du poivre, puis son introducteur en France, avant de me rabattre, victime des contradicteurs, sur le clou de girofle et la cannelle. Ce fut mon dernier prix et, pour une fois, j'étais dans le vrai (à l'évocation de ces mensonges je souris en pensant au mot d'*inventeur* que l'on donne à qui découvre un trésor ; Dieu sait si l'industrie en est prospère ici).

Poursuivi par ce Poivre qui mettait son grain de sel partout, je me fis baptiser Poivre d'Amour par quelques aguicheuses. Poivre-sucre me disaient mes petites amoureuses. S.B. (Sel de Bretagne) me disait ma grande amoureuse. Poivre me valut aussi une lettre de la veuve de Louis Malleret (qui préparait alors un remarquable travail de 2,5 kilos sur la vie de Pierre Poivre) et la curiosité de très nombreux journaux mauriciens lors de mon premier voyage en Isle-de-France. On avait ici définitivement mis de côté M. d'Arvor pour ne s'intéresser qu'à M. Poivre. Dans le *Cernéen,* l'un des deux plus anciens quotidiens francophones du monde, un correspondant anonyme éprouva le besoin – justifié – de me rabattre le caquet : « La radio, la télévision et les journaux ont parlé récemment de la visite à Maurice d'un "descendant" de Pierre Poivre. Interrogé par un journaliste sur sa parenté avec l'intendant, M. Patrick Poivre d'Arvor a déclaré qu'il ne descendait pas en droite ligne de Pierre Poivre. Il a ajouté que seulement une quinzaine de personnes portent actuellement le nom de Poivre en France. Il est à peu près certain qu'aucune de ces personnes ne descend de Pierre Poivre, car celui-ci n'a pas laissé de descendance masculine. De son mariage avec Françoise Robin, l'ancien intendant de l'Isle-de-France n'a eu en effet que trois filles, Marie-Antoinette Françoise, Françoise-Julienne Isle de France et Marie-Marguerite. Les descendants de Pierre Poivre, qui sont aujourd'hui très nombreux, portent un autre nom. »

L'honorable correspondant du *Cernéen* se trompe sur le nombre de filles de celui dont il me refuse la parenté (il a oublié au passage une trop petite Sarah), mais il n'a pas tort de me mettre le nez dans cette filiation douteuse. Il en faut pourtant davantage pour me décourager. À défaut de Pierre, je me rabats sur ses frères Jean, Denis et Jacques, avec, sur les conseils de l'archiviste Auguste Toussaint, une petite préférence pour Jacques, comme notre père. Et, plus forte que la source du sang, il y a celle de l'âme. Ce Pierre Poivre, on l'a choisi ; on va donc se le kidnapper.

D'autant que Paul B. m'a fait hier un plaisir immense, en me confiant le trésor qu'on se transmet chez lui, de génération en génération : les lettres enflammées de Bernardin de Saint-Pierre à... Mme Poivre. La propre épouse de notre Pierrot adoré ! Eh oui, l'auteur de *Paul et Virginie* brûlait d'amour pour notre aïeule raptée. Adultère sous les tropiques, rhum blanc et ombrelles licencieuses. Poulets doux à une jeune dame des Isles, billets fleurant bon la cannelle et le gingembre. J'ai hâte d'en savoir plus. Essaie de ton côté de trouver en France les réponses de la jeune libertine, arrivée à Port-Louis à vingt ans, tout comme notre Virginie à nous.

Moi je reviens. Je vais beaucoup mieux.

Ton frère P.

6.

Paris, 25 septembre

Patrick,
Je reçois seulement aujourd'hui tes deux dernières lettres, par le même courrier : sur le timbre, un plant de muscadier à la main, Pierre Poivre n'est pas laid, pris de côté, la dentelle de sa manche dissimulant sa fatale infirmité. Mais sous le timbre, tes mots, qui font mal, disent la vérité, font revivre Virginie dans l'aberration de son départ : que diable faisait-elle dans cette galère d'hydravion à la rencontre manquée de Paul B. ? Ce ne sont pas les lettres de Bernardin de Saint-Pierre qui sauront nous consoler de cet absurde-là...

J'ai du mal à digérer l'histoire de notre sœur : comme le dodo dont il n'existe qu'une réplique empaillée au musée que tu as visité à Mahébourg et qui mangeait, dit-on, des pierres pour mastiquer ses aliments, j'avale tes couleuvres. Mais si cette pierre tombale de Virginie me reste volontiers sur l'estomac, la vie de Pierre Poivre a pour moi d'excellentes vertus digestives. Et comme les pénitents tamouls, je te laisse marcher sur les braises de cette histoire d'amour, te coucher sur les sabres coupants de la barrière de corail ou chercher, au détour d'un lagon, l'ancre du *Saint-Géran* et les réacteurs de l'hydravion. Si j'avais pu te rejoindre à Maurice, je me serais établi sur les terres de couleurs de Chamarel, près des plantations de café et de thé qu'on doit à notre cher Pierre Poivre, et couché sur les ocres, les violets et les rouges de cette terre oxydée, j'aurais lu le poème de Toulet écrit dans le jardin de Pamplemousses : « Jardin qu'un dieu sans doute a posé sur les eaux, Maurice où la mer chante et dorment les oiseaux. » Est-ce à dire que Pierre Poivre fut un dieu ? J'ai fouillé moi aussi dans les papiers, dans un livre de Jean-Baptiste Say qui en fait le précurseur des économistes, dans les archives Pusy La Fayette (un descendant direct de l'intendant qui s'est plu à me rappeler encore que Pierre Poivre n'avait eu que des filles et qu'une fois de plus nous rêvions peut-être à une généalogie hasardeuse...).

Ce n'est pas Virginie, trop amoureuse, qui pourrait t'en dire autant sur le personnage, n'ayant pas lu les *Voyages d'un philosophe*, les *Mémoires d'un Voyageur*, autant d'ouvrages « immortels » du premier Poivre de la dynastie à avoir mis son drôle de nom sur la couverture d'un livre imprimé.

Mais Virginie l'aurait aimé, notre manchot : tu l'imagines un peu, le bras droit arraché par un boulet anglais alors qu'il rentrait en France après son premier long voyage à Batavia. Pas de salades là-dessous, le bonhomme s'exclame : « Je ne pourrai plus jamais peindre. » En fait, il renonçait à l'état ecclésiastique qui interdit aux prêtres d'être manchots. C'est vrai que pour la communion... Il semble que ce soit une tradition familiale d'établir un enfant dans la religion.

Mon court passage chez les jésuites de Saint-Jo à Reims s'explique : Poivre avait ouvert la route. Dès sa naissance en 1719, il est destiné aux Études missionnaires de Saint-Joseph de Lyon où ses parents sont établis dans le textile. À vingt ans, les Missions étrangères de la rue du Bac à Paris l'envoient s'endurcir en Cochinchine. Naïveté de ce voyageur naturaliste qui n'est pas sans rappeler celle de notre père : la lettre de recommandation qu'on lui a donnée pour rencontrer le roi à Canton est une lettre de dénonciation... Arrêté, il fait une année de cachot, qui vaut bien tes études de Langues O', cher Patrick. Il apprend tout seul le chinois, le malais et le cochinchinois, se fait apprécier du roi par sa science qui en fera le favori de la cour.

Parti de France en 1739, il ne reviendra que neuf ans plus tard : déjà, ce goût des voyages qui est le tien, une première halte à l'Isle-de-France avec Mahé de La Bourdonnais qu'il rencontre en chemin. Un projet germe : acclimater les épiceries fines dans cette possession de la Compagnie des Indes, dérober aux Hollandais leur monopole, ramener à Pamplemousses qu'il va créer, plants de cacaoyers, muscadiers et girofliers trouvés aux Philippines, dans les Célèbes, aux Moluques. Je comprends mieux notre fascination devant le personnage : ce Poivre-là met du piquant dans les plats de famille un peu fades et nous donne la bougeotte.

J'aime bien ce bonhomme qui a su frayer son chemin entre les esclaves marrons de l'Isle-de-France et les tripots tenus par les lascars de Port-Louis. J'aime aussi cet ami de Jussieu, de Kerguélen, de Hume et de Bougainville qui fonde des comptoirs commerciaux dans toute l'Asie, et chipe, au risque de sa vie – on était condamné à mort par les Hollandais pour le vol d'une épice –, la muscade et la cannelle pour redorer la fleur de lys française et établir la puissance de la Compagnie des Indes et le nom du roi dans le monde barbare. C'est son côté VRP à la manière de notre père. Comme lui, le profit pur, le luxe de Voltaire, l'argent ne motivent point ses tournées dans le monde. Homme de terre, de mer, d'air et de feu, ce Poivre-là est un vrai libéral. Un paysan aussi, comme une bonne moitié des nôtres. Rien d'un condottiere. L'épicier Poivre a parfumé nos repas du dimanche rémois, aromatisé ces conversations parfois monotones d'enfants terribles et de parents sages. Ce parfum, cet air de famille, le parfum *Poivre* de chez Caron que t'offrit une belle amie, Patrick. Une bonne odeur d'encens en toile de fond. Nos ancêtres alcooliques lui doivent également d'avoir mis de la cannelle dans leur vin. Gingembre, muscade, clou de girofle, haschich à base d'extrait de cannelle, autant d'aphrodisiaques dus à Poivre, qui ont enivré les nôtres, rendu sensuelles et parfois trop lascives les femmes de notre famille.

Poivre est un seigneur : cette « graine de paradis » est tenace, semblable au lierre, enserrant les hauts arbres et s'élevant de branche en branche jusqu'aux grands troncs. C'est ainsi, Patrick, que nous avons construit notre arbre généalogique, en nous agrippant illicitement à ceux des autres, prestigieux. Ce petit grain noir, gris, blanc ou vert vaut son pesant d'or. Cher comme poivre, disait-on. Cette panacée, avec laquelle on payait les impôts ou les droits de douane, on la doit au petit Poivre lyonnais. Bernardin de

Saint-Pierre, dont tu promets de m'envoyer les lettres qu'il écrivait à Mme Poivre, et qui fut l'ami du ménage lors de son passage à l'Isle-de-France, ne disait-il pas à l'intendant : « Le don d'une plante utile me paraît plus précieux que la découverte d'une mine d'or » ? Pauvre Alexandrine Tabarant et ses mirages aurifères du Brésil convertis en fièvre jaune !

Comme toi, Patrick, Pierre Poivre reviendra une seconde fois à l'Isle-de-France, une troisième fois encore, ayant épousé sa Virginie quelques semaines plus tôt. Son héroïne à lui, c'est Françoise Robin, d'une excellente famille de magistrats lyonnais, qu'il enlève à dix-sept ans alors qu'il est de plus de trente ans son aîné. La fille a de l'esprit, un joli corps, des lettres – tu vas voir... – et a juste le temps d'accoster à Port-Louis après huit mois épuisants de navigation pour accoucher d'une petite Poivre. Poivre dans le ventre de Françoise se conjuguera quatre fois au féminin. La quatrième fois, ce sera au retour de l'Isle-de-France, dans leur propriété de La Freta dominant la Saône. La dernière mourra en bas âge. Je pense à ta petite Tiphaine, Patrick, dont la mort, à quelques semaines, m'avait terriblement impressionné. Elle est enterrée à Trégastel. Comme elle n'était pas baptisée, le prêtre avait dit, au jour de son enterrement, qu'elle était partie rejoindre les anges dans les limbes. Où elle converse peut-être avec le bébé Florence, la sœur de Mademoiselle Cousine, et avec Sarah, la petite dernière de Françoise et Pierre Poivre. La chronologie n'existe pas au ciel.

Voilà, Patrick, si à ton retour, tu veux mieux connaître ce disciple de Jean-Jacques, va au Muséum d'histoire naturelle, tu y verras son herbier offert à

Bernard de Jussieu. Tu ne seras pas loin de la faculté où Virginie n'acheva jamais ses études. Entre les feuilles de carton, tu découvriras les petits trésors de Pamplemousses à l'état de feuilles et de graines : bois joli-cœur, coco marron, belle de nuit, liane cythère, poc-poc (un puissant laxatif), le mangoustan qui donne les meilleurs fruits du monde, les arbres à pain, à thé, des mûriers à soie et toute la gamme des encéphaliques et des émollients. Un vrai potager pour Marie qui passait commande chez Vilmorin. Et imagine la douleur de notre épicier, qui, après avoir risqué sa peau pour ramener à Port-Louis quelques muscades fraîches, découvre un matin ses plants fragiles arrosés à l'eau bouillante : un jaloux avait voulu lui nuire.

Lorsque Bernardin arrive sur le *Castries* à Port-Louis le 14 juillet 1768, Poivre ne lui fera pas fête : ce maître de l'école physiocrate était provincial comme nous le fûmes, pas mondain pour un liard. Ce petit-fils du *piper nigrum* préférait délivrer les esclaves de leurs charges trop lourdes ou lire dans Linné les mystères de la fécondation des plantes, leur sexualité. Il sait séduire le roi lui-même, le duc de Choiseul-Praslin, ministre de la Marine, inspire un livre à Hume qui aimait sa conversation mais ce naturaliste timide leur préfère la compagnie des nègres qui l'assistaient. La légende dit qu'il leur faisait souvent voir son bras mutilé : « Voyez, les Anglais m'ont pris une main, mais ils m'ont laissé le cœur pour vous aimer. »

Ce cœur-là, Patrick, n'ignorait pas sa Virginie. Tu m'annonces les lettres enflammées de Saint-Pierre à Françoise Poivre. J'espère que tu n'établis pas de hâtives comparaisons entre ce Bernardin écologiste avant la lettre et ton socialiste Paul B. Méfie-toi de la coïncidence des prénoms. Ne lis pas trop *Paul et Virginie*, notre sœur n'est pas dans cette morale doucereuse, dans ce sirop facile. Je te vois venir avec tes gros sabots de frère jumeau : puisque nous avons recherché dans notre livre ces femmes de la famille, disparues et fascinantes, qui nous rappelaient notre sœur, tu t'imagines sûrement que cette Mademoiselle Robin, épouse Poivre, c'est notre Mademoiselle Poivre à nous. Je te prépare une surprise. Car je reviens ce soir du Havre, la ville de Bernardin de Saint-Pierre, et ses archives se sont ouvertes à moi : l'amoureux avait conservé jusqu'à sa mort les lettres de Mme Poivre. Tu veux peut-être savoir si cette jeune épousée d'à peine vingt ans succomba au charme de Bernardin ? Quand tu arriveras dans trois jours à Paris, tu trouveras ma lettre, avec copie de la liasse du Havre. Je t'attends avec impatience, comme j'attends que tu confrontes les deux amants dans leur correspondance. Pour une fois, on laisse les autres écrire à notre place.

Olivier

7.

À Paris, ce 29 septembre

Cher Olivier,
Me voilà de retour. J'ai aimé ta lettre. Mais j'avoue que celles de Mme Poivre ont douché mon enthousiasme. Je me suis livré à la reconstitution du puzzle. Les envois de Bernardin de Saint-Pierre tout au long de 1770, s'accordent avec les réponses que tu as trouvées dans les livres de MM. Pilon et Souriau.

En fait de Pilon, je comprends mieux pourquoi notre distingué romancier voulut mettre au rebut sa correspondance avec Miss Poivre.

Lis plutôt.

Madame,
En me rendant hier soir pour la première fois à Monplaisir, je ne connaissais que la réputation des vertus de M. Poivre. Je ne savais pas qu'il avait acquis le plus précieux des biens qu'un honnête homme puisse posséder et qu'il avait embelli son existence de la société d'une jeune compagne qui unit aux qualités d'un cœur vertueux et sensible, celles d'un esprit aimable et orné.

Me permettez-vous, en hommage à ces talents, de vous adresser quelques oursins pêchés de ce matin par des indigènes de Trou-aux-Biches ?

Je vous prie de croire, Madame, en ma sollicitude et en mon admiration respectueuse.

Bernardin de Saint-Pierre

Monsieur,
Je vous remercie des curiosités que vous m'avez envoyées. Je vous prie de ne pas m'en donner davantage et j'accepte celles-ci à cette condition.

Françoise Poivre

Madame,

Je n'ose espérer de vous que votre consentement pour fonder avec moi une société d'Amis. Voici ce qu'à mon sens devraient en être les statuts. Chacun pourrait se faire recevoir chevalier de l'ordre de l'Amitié, à condition d'être capable de garder un secret et de faire une action généreuse. Quant à la créance, il faut que le candidat croie fermement, et par sa propre réflexion, qu'il y a un Dieu qui récompense le bien et punit le mal ; quant à la morale, qu'il ne faut pas faire à autrui ce qu'on ne voudrait pas qu'on vous fît.

L'objet de cet institut est, en premier lieu, de s'aider mutuellement de son crédit, de ses conseils, en sorte que nous facilitions à chacun des membres toutes leurs entreprises raisonnables, que nous protégions leur réputation, que nous les consolidions dans leurs peines, que nous les aidions dans leurs besoins, que nous les avertissions de ce qui peut leur nuire, et que nous remplissions envers eux, promptement et avec zèle, tous les services de l'amitié. Le second objet est de répandre parmi les hommes le goût de la concorde et de l'amitié, et de les aider dans leurs besoins.

Je vous fais chevalier de mon ordre, Madame, et je ne vous demande comme unique récompense qu'une cocarde blanche. Faites-en-moi la charité.

Et acceptez l'hommage de mon respect.

Chevalier Bernardin de Saint-Pierre

Monsieur,

Votre prospectus de l'ordre de l'Amitié est très bien. Je ne sais pas s'il pourra s'arranger. Quant à votre cocarde, je vous la dois. Mais attendez que j'aille au port car je ne sais de quoi la faire ici.

Quand messieurs les Anglais viendront attaquer l'Isle-de-France et que vous nous défendrez vaillamment, toutes les belles s'empresseront de vous donner des cocardes. À ce compte-là, messieurs les guerriers n'en recevront pas de moi, car je sais très fort que je ne suis rien moins que belle.

Françoise Poivre

Madame,

Je saurai attendre. Votre réponse m'a empli le cœur de joie. Puisque me voilà votre chevalier, je suis bien aise de voir que je ne me suis point trompé. Je savais que le blanc virginal était votre nuance.

La contemplation de vos attraits m'étant d'une grande inspiration, je crois bien que je vais baptiser Virginie l'héroïne du roman qu'appelle en moi ce séjour à l'Isle-de-France. Françoise eût peut-être gâté votre réputation. Et pour ne point éveiller les soupçons, je renonce à Bernardin pour héros. Sans doute le dénommerais-je plus simplement Paul.

J'ose espérer que vous n'y verrez qu'hommage.

Votre bien dévoué Bernardin de Saint-Pierre

Monsieur,

Une autre fois, soyez un peu plus exact aux ordres des dames et n'écrivez plus lorsqu'elles vous le défendent... Je vous souhaite le bonjour, vous souhaite aussi une bonne santé, joie, gaîté et guérison de votre maladie d'écrire.

J'ai réfléchi à votre cocarde : oh ! vraiment on ne prend pas comme cela des chevaliers, et encore faut-il qu'ils aient fait des hauts faits d'armes pour leur dame. Aussi point de cocarde, quoique ce fût sans conséquence, car ma couleur n'est point le blanc...

Françoise Poivre

Madame,
Il est des maladies plus malignes que celle d'écrire et j'en puis guérir.

Pourquoi m'avoir refusé cette cocarde ? Si votre couleur n'est point le blanc, envoyez-la de rose ou de bleu. Seul m'importe le plaisir de la chérir sur mon cœur. Mais ne vous méprenez point sur mes intentions. Ce qui me plaît en vous, c'est qu'indulgente avec les femmes, réservée avec les hommes, vous avez fait des prosélytes de vos rivales et des amis de vos amants.

Digne par les qualités de votre cœur de l'attachement des honnêtes gens ; par celles de votre esprit des hommages des gens de lettres, vous avez mérité l'estime d'un mari qui vous aime ; heureux celui qui a trouvé en vous un ami sûr, une maîtresse aimable, une bonne mère de famille. Avec vous, tous les climats, toutes les situations sont égales.

Si vous ne savez point rester insensible aux inclinations de mon cœur, peut-être pourrez-vous me dire en retour, comment vous dépeindriez mon caractère et ma nature ?
Je suis impatient de vous lire.

Votre bien dévoué Bernardin de Saint-Pierre

Monsieur,
Vos défauts, monsieur l'écrivain ? Je vous assure que vous n'en avez aucun qui vous fasse tort. Vos qualités, elles, ne vous servent pas aussi bien... un peu plus de hardiesse ferait juger plus avantageusement de votre esprit. Un peu moins de susceptibilité vous ferait chérir davantage. Il vous faudrait un peu de cette confiance que doit vous donner l'esprit et les connaissances que vous avez.

Françoise Poivre

P.S. : Je vous remercie du livre que vous m'avez envoyé. J'en ai ici plusieurs à lire et j'ai fort peu de temps. Aussi je vous rends le vôtre. J'ai lu Grandisson *et ce n'est pas mon héros, il est trop parfait.*

Madame,
Vous ne semblez guère goûter les livres que je vous adresse. Si mes choix ne sont guère heureux, je vous prie de n'en accabler que l'exaltation d'une âme qui se croit proche de la vôtre.
Aussi ai-je résolu de ne point désormais user

d'intermédiaires pour vous adoucir le cœur. Le manuscrit que je vous adresse aujourd'hui n'est pas d'un autre que moi. À mon retour sur la Terre de France, je ferai en effet publier ce voyage à l'Isle-de-France. J'ai besoin de vos conseils. Seul votre esprit pourra m'aider à en mieux orner la forme et le fond.

J'attends avec passion vos remarques.

Votre bien dévoué Bernardin de Saint-Pierre

Monsieur,
J'ai à peine eu le temps de lire votre ouvrage avec attention, et je ne suis pas d'humeur à en faire une juste critique. Il me semble que des « vallons remplis de débris de montagnes » ne sont plus des vallons… Il semble que vous imputiez à l'Isle-de-France la loi et les abus de l'esclavage. Vous savez pourtant qu'il n'a pas été imaginé ici et qu'il est encore plus affreux en Amérique. Je vous renvoie votre Voyage *et vous salue.*

Françoise Poivre

Madame,
Apaisez-vous, de grâce, et lisez-moi à nouveau. Votre indifférence m'a blessé. Peut-être n'avez-vous plus rien à me dire ? C'est vraiment là ce que je crois. Mais si votre cœur se tait, ne pouvez-vous faire parler votre esprit ?

Je prie par avance pour votre diligence.

Votre dévoué Bernardin de Saint-Pierre

Monsieur encore,
Je suis fâchée que vous croyiez que j'ai peu d'envie de voir vos mémoires. Je vous assure que c'est un genre d'ouvrages que j'aime beaucoup.
Néanmoins je veux attendre d'être au Port pour les lire. Je ne sais pas quel jour j'irai.
Je vous remercie de tous les beaux compliments que vous me faites et pour vous en témoigner ma reconnaissance, je finis ma lettre pour que vous n'ayez pas le temps de bâiller en la lisant.

Françoise Poivre

Madame,
Votre menotte est sèche comme celle de l'amie de M. Diderot, mais j'en accepte la sévérité. J'avais sollicité avec insistance vos critiques sur mon manuscrit. Il ne vous a point plu. Je n'ai à m'en prendre qu'au sort qui m'a poussé à vous l'adresser.
J'accompagne cet envoi d'un mémoire sur la désertion et d'un poème que j'ai composé en pensant à une dame qui occupe mon âme. Je ne prise guère l'art de la rime mais que ne peut, sur la vanité d'une femme, l'espoir d'être célébrée en vers, élevée au rang des muses ?

Ô cœur, amant du mien, rêvant de délivrance
Qui fraternellement saigne de ma souffrance
Et dont, même lointain, j'entends le battement.

Pourra-t-il se briser ce lien qui m'attache
Ou me retiendra-t-il dans son envoûtement
Jusqu'à mon dernier jour, cet amour que je cache.

Je me retire, Madame, en ne vous demandant point de jugement sur ce poème. Je crains trop votre esprit.

Votre très dévoué Bernardin de Saint-Pierre

Monsieur,
Vous ne m'avez point compris. Votre tableau de l'Isle-de-France est trop laid. Si ce pays était cultivé par des hommes libres, ce serait un endroit fort heureux. Ce n'est pas après un long séjour au Port qu'il faut peindre cette île : le Port ne ressemble en rien au reste du pays. Gardez donc toutes vos idées sombres pour peindre l'esclavage. N'outrez cependant pas la vérité. Elle est assez puissante pour se faire entendre aux cœurs des honnêtes gens. Au reste votre ouvrage est parfaitement bien écrit. Fasse le ciel que l'on goûte les vérités dont il sera rempli. Je lirai avec grand plaisir le reste de l'ouvrage.

En revanche, je vous renvoie votre mémoire sur la désertion n'ayant rien à dire sur le reste. Je ne saurais donner mon sentiment sur une chose qui m'intéresse aussi peu. Enfin, je vous prie en grâce de ne point me chanter. Je n'ai guère l'encolure d'une héroïne.

Françoise Poivre

Madame,
Mes négrillons César et Pompée ne sauraient être les messagers les plus pressants de la flamme qui m'anime. Ne puis-je accompagner dimanche M. Poivre qui vient en votre résidence ? J'ai, vous le savez, grande estime pour sa bonté et je crains de la voir refroidir à mon approche mais il me plairait éperdument de partager à vos côtés une après-midi à Monplaisir.

En attendant ce doux moment, je vous fais compliment d'une ode à vos sens qu'il me plairait de mieux charmer.

Aimer ! Oh ! ce serait mépriser tous vos charmes
Et me croit-on si fort ou si faible et sans armes
Pour renoncer déjà sous d'amères raisons
À ce corps parfumé de jeunes floraisons
Croit-on que les ardeurs d'un sang jeune et nos
[fièvres
Pourraient se consumer autrement qu'à nos
[lèvres !
Et croit-on, oui croit-on, qu'un fraternel baiser
Pourrait soudain calmer notre cœur embrasé ?

Votre ami

P.S. : Si je vous vois dimanche à Monplaisir, j'aurais alors gré de pouvoir vous remettre l'argent que je destine à vos pauvres.

Monsieur,
Je vous félicite de tout mon cœur de la bonne idée que vous avez de faire un présent à Jésus-Christ, car

les pauvres et lui, c'est la même chose. Permettez-moi de vous conseiller de remettre tout bonnement la somme à M. Coutenot. C'est à lui à qui je la remettrais si j'en étais dépositaire.

Je n'ai que peu de conseils à vous donner : que celui qui a commencé son ouvrage l'achève et vous donne ces puissances qui vous fassent surmonter tous les obstacles. M. Poivre dit volontiers que « les obstacles déconcertent les têtes faibles et animent les bons esprits ». Quant à votre poème, la foi de raisonnement ne vous aurait pas suffi pour faire une démarche qui m'est aussi pénible : mais Dieu vous a donné celle du cœur. Je l'en bénis sincèrement. Je suis parfaitement bien persuadée du bonheur que vous éprouverez. Il est incompréhensible. Jetez-vous dans les bras de Jésus crucifié. Lui seul peut vous obtenir grâce. Lui seul sera votre force et votre consolation. Et si vous voulez que je vous parle sincèrement, comme dans ce pays-ci, je ne jouis presque jamais de la société de M. Poivre, je serai charmée de causer un peu avec lui s'il vient dimanche, et je ne serais pas fâchée qu'il vînt seul.

Françoise Poivre

Madame,
Vous me parlez en belle manière de Dieu et du salut de l'âme. Mais je confesse mon étonnement. Votre volonté de ne voir que religion dans mon dernier poème trouble mes esprits. Me serais-je à ce point si mal fait comprendre ? Me serais-je au contraire trop exposé à votre courroux ?

Je vous aime, Madame et je souffre de ne point

pouvoir vous le dire à Monplaisir. Acceptez que je m'y rende au plus tôt. J'en serais charmé à jamais.

Votre ami de cœur Bernardin de Saint-Pierre

Monsieur,
Je vous en supplie, ne m'écrivez pas si souvent. J'ai beaucoup d'affaires, mes meilleures domestiques sont malades, et j'ai à peine le temps d'écrire à mon mari. Vous me tourmentez furieusement pour venir ici. Je n'ai qu'une simple réponse à faire : c'est que tous ceux qui me font plaisir de venir ne l'ont point demandé. Je sais que ma maison est faite pour recevoir les honnêtes gens, mais pas plus les uns que les autres, excepté mes amis.

Mais je vous l'avoue tout naturellement, mon inclination ne me porte point à être vôtre. J'aime les gens qui ne se mettent point en peine de ce qui se passe dans mon cœur, qui ne veulent point que je sois leur amie par force, qui ne prennent point des simples égards ou des plaisanteries pour de l'amour, à qui je peux dire, « je vous aime » sans qu'ils le croient ; qui peuvent me le dire sans croire que cela flatte ma vanité ; qui viennent dîner avec moi avec plaisir et s'en vont avec un air aussi joyeux.

Je vous remercie de votre livre, et au sujet de votre ouvrage, j'oubliais aussi de vous dire que j'aime les gens qui ne me parlent pas deux fois de la même chose, quand j'y ai répondu à la première ou quand je ne veux pas y répondre.

Françoise Poivre

Madame,

Mon séjour à l'Isle-de-France s'achève. C'est chose que vous avez voulue : il me faut donc me confesser. Nous vous avons vue, charmante et digne épouse d'un homme considérable par ses emplois et ses qualités personnelles, et à qui nous avons voué ainsi qu'à vous un attachement éternel, nous vous avons vue représenter sans faste au milieu des fêtes, et occupée avec plaisir de l'économie de votre maison ; modeste dans votre parure, charitable sans ostentation : il semblait que votre vertu ajoutât à votre gaîté.

Dans un âge où les agréments se développent, où la liberté d'une jeune femme ajoute aux grâces de votre sexe, vous n'avez point hésité à nourrir vos enfants ; les devoirs de la mère ont suspendu les plaisirs de l'épouse, sans interrompre les égards de la société.

Et si le ciel à qui je ne demande ni les honneurs ni les richesses m'accorde un jour une épouse qui vous ressemble, je croirais en sa faveur. Aussi vous demanderais-je, Madame, de me marier. Votre main ne saura se tromper. Vous seule pourrez trouver une femme à ma convenance.

Votre bien dévoué Bernardin de Saint-Pierre

Monsieur le mari,
Croyez-vous qu'il soit aisé de pouvoir répondre tout de suite à votre lettre ? J'ai deux parentes aimables et jolies, et quoique des personnes qui les connaissent beaucoup m'assurent qu'elles sont douces et bonnes, je ne les connais pas assez pour

savoir si elles pourraient faire votre bonheur. D'ailleurs, quoique très bien élevées et avec des talents, elles ne sont pas demoiselles. Si ma sœur était plus âgée, elle vous conviendrait beaucoup mieux. Elle est élevée dans la simplicité de la campagne ; mais c'est une enfant. Si vous restiez ici jusqu'au départ de mon mari, je pourrais arranger mieux toutes ces choses. Je m'informerais plus à fond du caractère et des biens de cette parente, au cas où le manque de naissance ne vous fît pas peur.

Françoise Poivre

Madame,
Ce que vous me dites de votre sœur m'a ravi le cœur. Si elle est aussi semblable à vous, ses vertus sauront apaiser ma solitude et la rendre plus douce, loin de vous, mais proche par l'alliance. Je resterai ainsi votre ami et celui de M. Poivre pour lequel j'ai profonde estime.
J'ai donc résolu de retarder quelque peu mon départ en attendant votre parente.
Soyez pourtant rassurée, je vous renverrai vos lettres demain au plus tard. Peut-être pourrez-vous en retour me prêter les mémoires de l'Intendant et m'adresser le portrait que vous m'aviez promis lors de mon dernier séjour à Monplaisir ?
Votre ami pour toujours.

Bernardin de Saint-Pierre

Monsieur,

Je ne puis que vous savoir beaucoup gré de l'attachement que vous nous témoignez. Je vous crois le cœur bon et vertueux. Vous serez, je crois, fort content de moi, car je suis d'humeur à vous faire une belle réponse.

J'ai à vous dire que votre alliance m'eût fait beaucoup d'honneur. Mais j'en ai parlé à mon mari, qui m'a fait voir la chose impossible.

Je rends certainement justice à toutes les qualités de votre cœur, mais nos caractères se ressemblent trop peu pour pouvoir être bien bons amis. Je désire votre bonheur parce que je vous estime, mais je ne me flatte pas de pouvoir y contribuer.

Je crois que vous voyez trop bien pour me soupçonner d'avoir quelque intérêt à retarder votre départ. Si j'eusse eu quelque disposition à vous aimer, je ne vous aurais ni écrit, ni vu.

Je ne pourrai vous donner les mémoires que ce soir ou demain. Mon mari ne veut pas donner ses manuscrits. Je vous prêterai l'impression qu'on a faite à son insu : il y a quelques fautes, mais le fond y est toujours.

Quant à mes lettres, elles seraient aussi tendres qu'elles le sont peu, que je ne voudrais pas les ravoir. Je n'aime le mystère en rien.

Je ferai volontiers votre portrait à condition que vous ne m'écriviez plus.

Je vous invite à plus de gaîté. Ce n'est pas faire honneur à la philosophie que d'être si sérieux.

Françoise Poivre

Madame,
Par votre accueil obligeant, vous avez su pour moi atténuer les rigueurs de l'exil. Ne sauriez-vous plus désormais compatir à mon isolement ? Des bonnes âmes m'ont rapporté qu'en confidence vous m'appeliez Candor, ce qui m'a touché profondément, et que vous disiez que je traitais tout sérieusement, jusqu'à l'amour. Pourquoi ce reproche ? L'amour est chose grave. Mais puisqu'en apparence vous ne voulez point de mon inclination, veuillez trouver ce dernier cadeau.
Madame, je me retire. Je vous baise les mains avec effusion.

Candor

Monsieur, jamais plus.
Je n'accepterai point ce que vous m'envoyez ; puisque vous retournez en France, vous aurez l'occasion de faire du bien si vous le pouvez ; mais jusque-là vous aurez peut-être beaucoup de besoins de votre argent. Je suis charmée de votre générosité. Dieu vous en tiendra compte.

Françoise Poivre

Portrait de Candor, (jamais envoyé)
À la gravité de sa démarche, à son sourire sérieux, je reconnais Candor. Il a dans sa main droite un tableau où sont peintes au naturel toutes les nations du Nord. Quelle vérité dans l'expression, quelle délicatesse dans le pinceau, quelle force dans le coloris !

Au milieu de ce tableau est un peuple dans la misère et dans l'esclavage. Un d'entre eux fait entendre une voix suppliante, celle de l'humanité. C'est ici que l'âme de Candor a pris plaisir à se peindre. Tout y respire la justice et la bienfaisance.

Candor traite tout sérieusement, jusqu'à l'amour. Il ne sait pas que ce dieu est un enfant et que ses armes ne sont que des jouets.

La vertu doit être gaie et contente. Celle de Candor est triste et malheureuse. Il répand des pleurs en essuyant ceux des autres.

Candor est esclave d'une puissance qu'il méprise : l'ambition triomphe d'avoir un philosophe à son char.

Ô Candor, la joie n'habite pas les camps, et le bonheur les Champs de Mars. Ton cœur sensible doit trop souffrir des horreurs de la guerre et ton esprit droit et pénétrant ne fut pas fait pour inventer les moyens de détruire tes semblables. Une vie simple et laborieuse, un ami sincère, une compagne douce et modeste, et l'aimable société des Muses, voilà ce que te souhaite une amie qui connaît ce qui rend heureux.

Françoise Poivre

8.

Le Havre, 2 octobre

Patrick,

Qu'en penses-tu, grand frère ? À ton retour à Paris, tu ne m'as pas trouvé, mais tu as pu juger, je suppose. Merci des lettres que tu viens de faire parvenir à Andé, chez nos parents, où je fais retraite pour me reposer de toute cette histoire ; et lire ce roman croisé de notre Dame des Isles et du falot Saint-Pierre. À trois kilomètres de notre village, le château de Pinterville – là où vécut aussi le père Laval, le saint populaire de l'île Maurice –, où ton Chérubin a écrit son douceâtre best-seller. Je ne reconnais en rien notre sœur dans sa Virginie chrétienne qui n'ose pas se dépouiller de ses vêtements au moment fatal du naufrage. Je crois que ta jumelle n'eût pas hésité une seconde à se mettre nue devant une escadre entière de marins... Mais je comprends un peu ta tendresse pour ce roman : les deux Roméo et Juliette, élevés ensemble, étaient comme frère et sœur. Et toi peut-être aurais-tu rêvé d'un pareil amour avec ta moitié féminine ?...

La Virginie du roman traverse la mer pour obéir à ses parents, préférant perdre sa vie plutôt que de violer sa pudeur. Virginie Poivre d'Arvor, elle, quittait sans faillir sa famille et n'avait que faire de sa pudeur, l'ayant déjà trop violée. Je t'imagine, Patrick, lisant l'épilogue du roman : « La Baie du Tombeau où Virginie fut trouvée ensevelie dans le sable ; comme si la mer eût voulu rapporter son corps à sa famille, et rendre les derniers devoirs à sa pudeur sur les mêmes rivages qu'elle avait honorés de son innocence », et versant ta larme de crocodile homozygote. Tu m'as dit toi-même qu'il y avait eu méprise sur le corps d'une jeune noyée, retrouvée dans le lagon... notre sœur n'a pas été rendue par la bouche de l'océan et tu peux toujours fouiller le sable, tu n'y trouveras pas sa vertu...

Et quand Chérubin ajoute qu'on « n'a pas élevé de marbres sur leurs humbles tombes », il te dit bien que Virginie n'est pas Virginie. Notre sœur a sa tombe, vide, avec une inscription funéraire et ton Paul de rechange se prépare peut-être à devenir le Premier ministre de l'île. Tu vois bien le mensonge romanesque de Candor qui, ne recevant que des billets aigres-doux, s'invente une histoire, met le tombeau de sa Virginie désuète dans la première île qu'il trouve. Notre sœur a fait preuve de plus d'imagination en s'écrasant à dix mille kilomètres de son Reims natal. Comme Françoise Poivre, Virginie Poivre était mineure lorsqu'elle rencontra le gentil gauchiste : mais elle s'enlève toute seule, ne se marie point, et, fort différente de l'aimable luronne d'entre Saône-et-Loire, n'a jamais su manier le bâton de Célimène. Virginie est esclave de ses passions, jusqu'à mourir pour elles. La femme de l'intendant était plutôt, comme Mother, une forte tête, honnête et manipulatrice à la fois, sachant balader les Lovelace venus se distraire de leurs chagrins amoureux.

Telle est la mauvaise foi de ce petit marquis galant et musqué comme un courtisan, la perruque poudrée, les bas toujours propres, les boucles vernies et la canne à pommeau d'argent pour éloigner de son chemin les négrillons de l'île. Comme aucune de ses amies ne lui écrit de l'autre côté de l'océan, qu'il savoure le miel noir de l'ennui et que Mme de Radziwill, sa dernière victime, ne soupire plus pour lui, il s'essaye à l'honnête femme de l'intendant, sans doute la plus jolie de l'île. Il écrit à un ami entre deux billets parfumés que « pour cacher une intrigue, on est souvent obligé de mentir, de ruser et de tromper, au risque de perdre peu à peu l'estime de soi-même ». Le geignard est enfin honnête. Il n'a pas à se plaindre de la froideur de Pierre Poivre qui, lui ayant enseigné la botanique, se voit remercié par une cour pressante à sa jolie épouse. Et ton Candor, toujours élégant, de biffer à grands traits et ratures l'éloge dithyrambique qu'il avait écrit des Poivre dans son *Voyage à l'Isle de France*. Mme Poivre avait pourtant fait de lui un écrivain : à cette époque, l'amant déçu n'était pas même publié ! Supériorité des Poivre sur les Saint-Pierre. Poivre avait déjà ses œuvres imprimées.

Cette doublure de Rousseau eût mieux fait d'écouter les conseils de l'ami dont j'ai retrouvé la lettre dans ses papiers du Havre : « Voyez des femmes et pas une seule. Ces attachements deviennent trop graves pour vous. D'ailleurs, si l'une vient à changer, l'autre vous en dédommagera et alors vous ne tomberez pas dans cette langueur accablante et ce dégoût qui accompagnent la solitude continuelle. »

Candor est un maniaque réputé : s'il prétend avoir reçu quatre mille lettres dans sa vie dont « bon nombre de femmes et même de demoiselles », notre satyre a su choisir ses épouses au jardin d'enfants. La première, Félicité Didot (fille de son imprimeur, sans doute un moyen d'être édité...), a trente-six ans de moins que lui, lui fait deux enfants, Paul et Virginie (!), et meurt six ans plus tard, lasse de ce politicien à la manque qui n'arrivera jamais à être sénateur. La deuxième, Désirée de Pelleporc, est de quarante-trois ans plus jeune que ce vieillard libidineux, la tête auréolée de quelques mèches plates, presque chauve, grosses joues pleines, petits yeux enfouis sous la graisse. Désirée et Félicité, tout le rêve de celui pour qui les femmes sont le signe d'une société malade ! La mère de Désirée écrira même à sa fille, rendant un juste hommage à « notre » famille : « M. Poivre avait raison quand il disait à ton mari que *moral* n'est qu'un terme vide de sens... » Et je reprends à mon compte le mot d'un ami de Bernardin, ce poète larmoyant qui pleure pour consoler ceux qui pleurent : « Si vous n'avez rencontré que des femmes cruelles, c'est que vous êtes un maladroit. »

Ton Paul B. savait au moins y faire. Notre sœur ne lui a pas résisté longtemps, sur les barricades. Pas besoin d'offrir des oursins, des lézards apprivoisés, des pierres rares ou des coquillages pour plaire à ta sœur. On n'est pas vénal dans la famille : inutile de payer pour nous contenter. Les livres, pas utile de nous les offrir, on les écrit nous-mêmes. Le bonhomme prévenant croit qu'on force les cœurs avec des petits cadeaux, tu trouves cela romantique, Patrick ? Jean-Jacques Rousseau, à Bernardin qui lui offre un sac de café, lors de leur deuxième rencontre : « Monsieur, nous ne nous sommes jamais vus qu'une seule fois et vous commencez déjà par des cadeaux ; c'est être un peu pressé, je crois. » Pas mal, la douche froide pour l'éjaculateur précoce qui croit que les dames des isles abdiqueront à la lecture de ses ennuyeux traités, de ses prolixes et affectés billets.

Celui qui rêve « d'asseoir ses amants sur le rivage de la mer, au pied des rochers, à l'ombre des cocotiers, des bananiers et des citronniers en fleurs », t'abuse un peu sur ses intentions, mon cher Patrick. Tu voudrais pour beau-frère un maladroit qui biaise en parlant d'amitié et de cocarde, se fait pressant, poète de fortune, gratte un peu la guitare de Roméo à Monplaisir, et après avoir voulu payer ta sœur pour la posséder, te demande si tu n'en as pas une autre, même en bas âge, pour faire les joies de son vieux corps ? Je décline l'offre de celui qui compare le lagon de Maurice à une « côte raboteuse », se plaint des mœurs corrompues, de l'agiotage et des intrigues de voiliers, a le mal de mer et celui de son pays. Je trouve méritée son éviction de Pamplemousses : *pamplemousse*, arbre épineux aux saveurs acidulées. Décidément, ces Poivre me plaisent avec leur manière d'exciter la curiosité et les sens et de n'en rien faire, laissant les galants sur leur fin amère…

Certes, dans la famille, nous avons rencontré quelques ancêtres embarrassants. Des alcooliques, bons à rien et dépravés. Mais jamais de falots. J'imagine ton Candor quémandant à Papa la main de notre sœur. États de service ? L'autre bredouille : « Je suis sorti des Ponts et Chaussées sans diplôme, j'ai été renvoyé par le comte Saint-Germain pendant la guerre de Sept Ans pour mauvaise conduite et lorsque j'arrive à Malte pour être ingénieur, ayant oublié mon brevet, je suis renvoyé illico en France. » Et encore, il se vante un peu : à la cour de Russie, il s'essaye en vain à la grande Catherine II, complote en Pologne, se fait prendre, et après tant de désillusions amoureuses et d'échecs professionnels, retourne en France où il est dessaisi de l'héritage de ses parents ! Pauvre garçon, au curriculum vitae bien peu engageant...

Bien sûr, me diras-tu, il a gagné à la loterie... mais qui gagne au loto aujourd'hui ? Tu me dis qu'il a écrit *Paul et Virginie* ? J'en sais quelque chose, je viens de passer l'après-midi au château de Pinterville, où, après avoir échoué auprès de Mme Poivre et comme ingénieur (maçon en réalité, on lui demande de nettoyer des cimetières et il s'exclame : « J'ai une sorte de répugnance à excaver des tombes »), il est revenu écrire son sirop de grenadine et d'orgeat : sais-tu au moins qu'il a mis vingt ans à le diluer, persuadé que le livre ne va pas marcher ? Bien que vivant laborieusement et misérablement, il attend 1787 pour le publier et doit toute sa nouvelle fortune à la muse Poivre.

C'est elle qui me plaît, dans cette correspondance l'insolence de cette jeune élégante de dix-neuf ans qui préfère son manchot à ton galant disgracieux. Françoise Poivre, je l'installe immédiatement dans notre arbre de famille. Et je ne crois pas me tromper en l'imaginant dans ces robes à la Watteau qui s'ouvrent sur le devant, avec son corsage en pékin couleur de jonquille, vert de mer, mandarine ou de feu et rien en dessous. Les cheveux courts et poudrés. Voilà ta sœur, Patrick, deux siècles plus tôt.

J'aurais préféré que Virginie eût des lettres et l'humeur vicieuse de Mme Poivre. Je ne regrette pas ce voyage havrais où j'ai déniché aux Archives son écriture empoisonnée qui vaut tous les sonnets de Candor, ses lamentations et ce sérieux de magistrat. À dix-neuf ans, Françoise Poivre fit tourner la tête aux petits cyclones de l'Isle-de-France. Virginie fut moins forte : son hydravion eut tort de s'envoler de la Réunion alors que le ciel était couvert et qu'il se préparait à la tempête. Mais Françoise, comme Virginie, a fini par mourir. Laissant Chérubin à ses larmes, ses supplications et ses obsessions sexuelles. Marie, Mademoiselle, Mother, Marie-Alexandrine étaient de fortes têtes, des places fortes. Elles n'aiment que les durs à cuire. Et toi, Patrick, et moi, Olivier, puisque nous sommes les deux derniers garçons, il ne faut pas faillir à cette tradition. Ne te laisse surtout pas émouvoir par ces robinsonnades.

Je rentre en fin de semaine à Paris, où tu seras encore, reposé de cette expédition dans les îles. Ce ne fut point un détour dans notre dialogue : pas à pas, en remontant les siècles jusqu'à la belle époque de la Compagnie des Indes, nous nous retrouvons. Nous n'irons pas plus loin dans l'histoire. Car nous sommes bientôt arrivés. La semaine prochaine, nous ferons pour la dernière fois un peu de géographie. Nous irons ensemble à Lyon, chercher la tombe de Mme Poivre et connaître la suite de ses aventures. Ce sera alors fini ; il ne restera plus que deux frères, devenus meilleurs amis.

9.

Paris, ce 4 octobre

Mon cher Olivier,

Tu m'as un peu échauffé les oreilles avec ton goût du théâtre. Point n'est besoin de charger ce malheureux Bernardin pour voler au secours de la vertu de la belle Françoise. Tes excès me contraignent à défendre, presque malgré moi, ce séducteur de vacances tentant un léger flirt avec la seule femme désirable de l'île. Et si tu me pousses dans mes derniers retranchements, je demanderai à Paul B. de m'envoyer l'unique portrait de Françoise Poivre, pieusement conservé par Bernardin de Saint-Pierre avec ses lettres. J'avais refusé de le voir à l'île Maurice de peur de brouiller l'image que je me faisais de cette femme ; j'ai tant envie qu'elle ressemble à Virginie... Et il est bien possible qu'elle ne soit guère belle. Alors, pas touche à BSP, sinon...

Moi, Monsieur Mon Frère, j'aime sa vie aventureuse. Comme notre Jean-Baptiste, à douze ans, il quittait déjà Le Havre pour la Martinique, pilotin à bord du navire de son oncle. Il en revint fort déçu : il n'avait pas trouvé l'île déserte dont il rêvait. Toujours ce goût de l'inaccessible, du terrier secret :

« Obtenez-moi un trou de lapin pour passer l'été à la campagne », sollicitait-il de ses supérieurs. Comme Jean-Jacques Rousseau, qui fut, ne t'en déplaise, son ami (« dès que je le connus, je l'aimai avec passion »), il goûtait la nature et détestait son siècle. Semblable à ceux qui n'ont pas envie de prendre racine dans le confort et la carrière, il fit voyager ses inquiétudes et son mal de vivre. Campagne dans l'armée du Rhin à vingt-trois ans, s'en fait renvoyer pour indiscipline. J'aime. Part ensuite pour Malte puis pour la Hollande ; il y devient journaliste. J'aime aussi. Séjour en Finlande et en Russie où sa prestance est remarquée par la Grande Catherine, qui avait alors pour amant le comte Orlov. Il passe ensuite en Pologne, à vingt-sept ans et devient agent secret. Tout cela me séduit. Il connaît, dit-on, « bonne fortune et vif succès » dans la brillante société polonaise. Il devient l'amant de la princesse Radziwill. C'est ensuite Vienne, Dresde, Berlin. Il s'y fait enlever par une courtisane et refuse le mariage avec la fille du conseiller du roi. Elle s'appelait Virginie...

Je suis sûr que tu ne savais pas tout ça, grand nigaud, et que tu vas réviser ton jugement sur ce charmeur qui débarque alors, à trente ans, à l'Isle-de-France comme modeste ingénieur. Il a envie de s'y laver le cerveau après les mille et une intrigues dont il fut victime à Paris et il le fera avec cœur. Il n'est qu'à l'entendre parler de sa mauvaise conscience lorsqu'il apprit que la boulangerie qu'il faisait construire s'écroula sur un de ses nègres. Saint-Pierre était anti-esclavagiste, influencé par la philosophie des Lumières.

Prends un peu de cette sagesse et ne monte pas trop en épingle sa brouille avec notre ancêtre. Comment veux-tu que deux hommes amoureux de la même femme puissent longtemps s'apprécier ? Et d'abord, es-tu sûr que Mme Poivre soit restée si chaste ? À lire ses lettres entre les lignes, sa vertu me semble très frémissante mais je ne lui en veux pas. Il me plaît au contraire d'imaginer que la descendance engendrée par le ventre rond de la belle Françoise trouva sur la route des épices quelques gènes bernardinesques.

Et finis-en avec tes idées de guimauve. Napoléon lisait souvent *Paul et Virginie.* Louis Bonaparte assure que les *Études de la Nature* reposaient sous le chevet de son frère « comme Homère sous celui d'Alexandre ». Flaubert, Chateaubriand et d'autres en furent aussi très friands : « il tenait dans la main ce livre où tant de pleurs coulaient du cœur de Paul et des yeux des lecteurs... », disait Lamartine.

Il n'est que tes yeux pour rester secs, petit frère jaloux, gardien-roquet des vertus d'une aïeule improbable...

Pour nous réconcilier, je t'accorde ce voyage commun sur ses traces. Peut-être y retrouverons-nous les fantômes de Paul et Virginie. Bernardin les aima tant qu'il prêta leurs deux prénoms à ses enfants, morts en bas âge.

Vingt ans plus tard, un grand bal fut donné aux Tuileries. Un jeune homme natif de l'Isle-de-France y fit forte impression. « Qui est-ce, qui est-ce ? se disaient les dames. – Mais c'est le fils de Paul et Virginie ! répond Prosper Mérimée à la marquise de B... Sa mère est morte noyée mais elle avait eu un fils ; c'est cette naissance illégitime, cette grave faute qui avait motivé son départ pour les îles. – Oh ! monsieur, fit la marquise en se présentant au bel inconnu médusé, que de larmes j'ai versées sur le sort de vos infortunés parents !... » Tout le bal soupira en chuchotant : « C'est le fils de Paul et Virginie. »

Je te fais fils de Paul et Virginie, petit frère inconséquent. Ne reproche pas à Bernardin d'avoir rêvé le tombeau d'une Virginie de fiction : au XVIIIe siècle, on mettait des tombeaux partout, y compris leurs simulacres. Dans sa préface au roman de BSP, Anatole France nous dédouane à jamais de nos excès d'imagination : « Bernardin éleva des tombeaux par écrit, pour la jouissance des hommes sensibles qui n'avaient point de jardins. Il refit celui de Jean-Jacques sur un cap, imagina le monument de Philoctète et celui d'Ariane... le tombeau de Virginie est simple. Une pierre avec un nom, au milieu de ces sortes d'orangers qu'on nomme les pamplemousses. Le nom de Virginie sous de belles formes végétales, dans des parfums naturels, c'est tout, et c'est assez. »

Et maintenant, petit frère, partons à Lyon chez Françoise et Pierre Poivre.

10.

Retour de Lyon, 6 octobre 1983

À toi, Patrick.

Il y avait longtemps que nous n'avions voyagé ensemble : notre dernier avion, ce fut pour Nice, ce matin d'octobre d'il y a tout juste deux ans. Les croque-morts ont bourlingué depuis, mais séparément. Nous nous sommes retrouvés parfois, Reims, l'Auvergne, la Provence, la Côte d'Azur, nous avons rêvé de quelque or mythique au Brésil, du siège de Sébastopol et notre livre ouvert par toi un matin à Trégastel ne s'est jamais vraiment fermé : j'ai apporté plus d'une fois en Bretagne mon tribut à cette parenthèse dans nos existences singulières. Sur la côte de granit rose, nous nous sommes simplement croisés. Et tous ceux que nous avons fait revivre dans nos petits billets nous ont rapprochés à notre insu. Les morts, aussi, ont donné vie à cette fraternité fragile : existent-ils seulement, ceux-là qui furent prétexte à l'accolade ?

Virginie, pendant ce temps, a réécrit son roman. Je n'ai pas pu, je n'ai pas su, Patrick, te rejoindre de l'autre côté de l'océan Indien ; j'ai fouiné dans les bibliothèques du Havre, à la recherche de cette

Mme Poivre, cette première sœur, par-delà les siècles. Nous avons exhumé des vieux papiers, croisé notre correspondance avec celle d'un Bernardin que tu t'obstines à aimer et d'une jeune dame des isles dont nous avons cherché le portrait. Pour y trouver la ressemblance avec...

Ce qui nous est arrivé depuis deux ans – si quelque chose est arrivé – est parfaitement ordinaire : nos affabulations, nos imaginations mises à nu sont le lot commun de toutes les jeunesses. Et notre fraternité brandie à bout de bras n'a rien d'exceptionnel : dès qu'on rencontre un véritable ami, on le sacre frère. Avec les femmes, c'est différent : ainsi, faute d'avoir Virginie pour amie, nous nous sommes mis à trop aimer les personnes de son sexe.

Hier, j'ai été heureux de notre voyage éclair. La veille, je t'avais parlé de la lettre d'un descendant indirect de Françoise Poivre qui nous invitait près de Lyon, à Curis-aux-Monts-d'Or, pour retrouver les traces de l'intendant et de sa jeune épouse.

Cette Mme Poivre n'avait pas fini de nous étonner. Nous avons lu à Lyon ses toutes dernières lignes à Bernardin : dans une lettre que Samuel Dupont de Nemours, collègue de l'écrivain à l'Institut, et retiré à Good-Stay, près de New York, adresse à l'auteur de *Paul et Virginie* pour le féliciter de son chef-d'œuvre : « Je ne sais pas qui a dit qu'on ne va pas à la postérité avec un gros bagage : avec un diamant comme celui-là, on est riche. » En post-scriptum : « Mme Dupont de Nemours vous salue. » Mme Dupont, Patrick, c'était Mme Poivre !

Ironie du sort : hier sur l'autoroute vers Lyon, nous nous sommes arrêtés sur l'aire de repos de Nemours...

sans savoir que l'égérie de Bernardin, après la mort de l'intendant en 1786, avait épousé en secondes noces le fondateur de la dynastie Dupont de Nemours, aujourd'hui l'une des plus grosses fortunes américaines de la pétrochimie. Et moi d'imaginer Françoise conservée outre-Atlantique dans quelque solution chimique miracle ou simplement cryogénisée, attendant le bon vouloir de la science pour prendre sa revanche sur le naïf Candor ! Notre hôte lyonnais nous a raconté, à l'heure du déjeuner : Dupont de Nemours, ami de l'intendant, de vingt ans plus jeune que lui, écrit à sa mort un éloge dithyrambique de M. Poivre. Soulignant au passage que son épouse est « une femme du mérite le plus rare, bien née, pleine de vertus, de douceur et de grâces, digne à tous les égards d'être la compagne d'un philosophe sensible ». L'économiste avait, tu l'as vu, une idée derrière la tête. Mais l'épopée de Françoise Robin-Poivre-Dupont de Nemours ne fait que commencer : si Virginie n'atteint jamais les États-Unis, Françoise, elle, va fonder l'empire Dupont de Nemours. C'est elle qui la première file aux Amériques après le coup d'État du 18 Fructidor. Dans le New Jersey, elle contribuera à l'Indépendance avec son mari, parti la rejoindre. Ami du président Jefferson, le couple achète des terres et s'occupe de commerce outre-Atlantique : le rêve américain. La fortune.

Increvable Françoise-Virginie : à la mort de Dupont en 1817, elle quitte Eleutherian Mills où l'empire se construira sans elle, pour retourner en France, vivre dans la propriété où mourut Poivre, près de Lyon, à La Freta. On retrouvera sa trace jusqu'en 1840 : elle a alors plus de quatre-vingt-dix ans. Après cette date, les archives se taisent. Virginie, portée disparue...

Nous sommes allés hier après-midi à La Freta. Tu avais gardé, Patrick, le bronzage mauricien qui ne s'accordait guère avec le froid de canard de cette vallée de la Saône qui domine La Freta. La Freta, du latin *frigidum.* Un pays de frimas en effet que cette paroisse de Saint-Romain-aux-Monts-d'Or. Paysage de coteaux aux pentes modérées. Pierre Poivre avait du goût. Deux terrasses superposées – des vraies terrasses celles-là, rien à voir avec notre éponge rémoise ! Autrefois plantées d'arbres fruitiers et d'espèces rares : Poivre, revenu de l'Isle-de-France en 1772, passa les quatorze dernières années de sa vie à reconstituer sur ces arpents de terre du Lyonnais son jardin de Pamplemousses. Abandonné aujourd'hui mais encore digne ! Deux arbres deux fois centenaires, quelques espèces exotiques arborescentes qui avaient traversé l'histoire, plantes acclimatées par l'intendant : pour la première fois, Patrick, notre arbre de famille m'a paru plus vrai que ces vestiges du siècle de Louis XV. Nous n'eûmes pas beaucoup de mal à imaginer la jeune femme et ses filles (l'une d'elles avait pour nom Françoise-Julienne Isle de France et pour marraine la colonie de l'île sœur) se promenant dans ces parterres à la française. Une vasque aux fonds étrangement bleutés – comme si l'eau de Maurice s'y reflétait – est encore là, dominée par la statue d'un bambin joufflu, aux cheveux bouclés, assis sur un rocher. Image de l'enfance suspendue.

Les muscadiers et les girofliers n'ont pas résisté au climat de cette vallée de la Saône. Le jardin chinois de Pierre Poivre n'a pas survécu non plus. Le cours indolent de la rivière rappelle que tout passe. L'industrie a fait siens ces coteaux. Quand nous marchons tous les deux dans la broussaille du jardin, nous butons, de temps à autre, sur des colonnes brisées en leur base.

J'ai bien senti, hier, à tes côtés que nous ne pourrions pas remonter plus loin. La Freta, c'était, aux enchères, notre dernier et unique château. Il y avait bien, pas loin, à Limonest, un autre domaine de l'intendant, La Poivrière : deux ou trois ruines rappellent encore aux passants qu'il y eut ici une belle demeure.

En foulant cette terre, guidés par les actuels propriétaires de La Freta, un peu de gêne, beaucoup de honte : que faisons-nous là ? Pourquoi ce maniaque de l'épicerie royale nous conduit-il par cette froide après-midi de dimanche dans ce paysage de jardins d'un goût français, classique, sobre et clair, aujourd'hui défait ? Seule la coïncidence du nom nous fait prendre avions, autoroutes et trains pour mener l'enquête. Notre hôte, adorable, promet de nous fabriquer une filiation : la tâche paraît impossible. Françoise Poivre ne porta en son ventre que des filles... il reste les frères de Pierre Poivre... Denis, Jacques ou Jean... Mais déjà, cela ne compte plus, nous nous en fichons, nous sommes là, sans trop comprendre, menés comme des aveugles sur ces mottes de terre, près d'une grotte artificielle, sur les ruines d'un ancien château féodal où les bandits de la région se partagèrent en leur temps les butins du Limonest. Nous nous disputons à notre manière les restes d'un trésor contenu dans un seul nom. Poivre.

Les descendants attestés s'appellent maintenant Bureaux de Pusy La Fayette (l'Amérique toujours !)

de Cossigny, Pérouse... À nous, on ouvre grandes les portes de La Freta parce que nous avons gardé le nom ridicule et rustique. Peut-être craint-on que sorte de notre poche quelque acte de propriété qui nous redonnerait le domaine ? S'il fallait choisir, j'irais plutôt frapper aux portes des Dupont de Nemours, à Philadelphie (où sont, paraît-il, conservées les archives de Mme Poivre), revendiquer notre part du magot pétrochimique... ou faire reconstruire Monplaisir, à Maurice, pour faire la sieste entre deux arbres à pain de Pamplemousses... Nous laisserons La Freta à sa solitude de vieille terre rouillée, admirant au passage les statues d'Apollon, tout nu, flûte de Pan au bec, de Vénus ruisselante, retenant pudiquement d'un bras sur son sein un pan de la draperie qui l'enveloppe, et d'Éros, l'arc à la main. C'est peut-être là notre dernier mensonge... un mensonge ou une vérité que nous ne faisons que reproduire. Ces statues seraient l'œuvre de Soufflot, le grand architecte qui travailla dans la région à l'époque de Poivre et dont il fut l'ami. Ultime vanité ? La maison actuelle n'est pas celle de Poivre. Excusez-nous... ne rappelle-t-on pas qu'en 1853 les travaux du chemin de fer Paris-Lyon ont affaissé le terrain, lézardé la maison ? Il a fallu tout détruire. Et reconstruire autre chose, moins fastueux sans doute, avec les mêmes pierres, un escalier récupéré, des bouts de Soufflot... hier, Patrick, tu le sais, on était prêts à tout gober. On nous aurait dit que Mansart avait travaillé là, on l'aurait cru. Que Lebrun, Viollet-le-Duc, Le Corbusier ou Ribourel...

On a essayé de nous convaincre : sur une partition d'une valse, « Souvenir de La Freta », un vieux dessin immortalise la propriété de Poivre. Une maison à deux étages, à toiture aplatie, couverte de tuiles romaines. Et sans vergogne, on appelle cela château. À juger par ce trait de caractère, il n'est pas impossible que nous ayons du sang commun avec le cher épicier... lui-même anobli par le roi, porteur du cordon de Saint-Michel et signant *Le Poivre*. Méfions-nous cependant des excès : dans les archives de la commune, Poivre est donné pour l'introducteur en France du poivre, de la pomme reinette du Canada et de la poire courge...

La journée tirait à sa fin dans la fraîcheur de La Freta : nous avons voulu aller à Lyon, refermer le dossier. Visite sur les chapeaux de roues : pour commencer, la rue des Quatre-Chapeaux ! Poivre y naît en 1719, non loin du marché aux cuirs. Bilan plutôt négatif : la maison n'existe plus ; au numéro 3 une mercerie en gros rappelle les origines de l'enfant ; la brasserie Gutenberg, sise au coin de la rue, nous désaltère un instant.

Lyon le dimanche est désert et ne nous dit rien de ce philosophe parti porter le nom d'humbles négociants du quartier Saint-Nizier en Insulinde et en Chine. La ville de la soie, où transitent les vins de Bourgogne, de Beaujolais, des Côtes du Rhône, les blés de Bresse et du Dauphiné, est maintenant glaciale. Dans quelques minutes, un épais brouillard va s'abattre sur elle. La circulation est difficile. Mais on continue la descente de police : Saint-Nizier – où les prostituées firent, il y a quelques années, leur grève de la faim – ferme ses lourdes portes sur nos doigts endormis par le froid. Juste le temps d'apercevoir, à gauche en entrant, les fonts baptismaux et l'autel. Pierre Poivre y fera baptême et mariage. Lyon, de plus en plus brumeuse. Lyon, ville des soyeux, fournisseur des tissus du grand soleil tissé d'or de Versailles, est toute blanche. Du coton dans les yeux : si cela continue, Patrick, exalté, me persuadera qu'en face de nous marche ce fameux moine qui rapporta un jour, caché dans sa robe, le cocon chinois qui donnera à la ville le titre de capitale de la soie. La quenouille se dévide, nous filons encore plus vite.

La tombe de Pierre Poivre ?... à Saint-Martin-d'Ainay, la plus vieille église romane de Lyon, assure notre guide Pérouse. Il est sept heures du soir, la messe du dimanche est terminée, un curé indifférent ferme boutique. On force le passage, le grincheux se fiche de la visite des descendants de Poivre. Nous sommes pourtant, cher Patrick, immensément chrétiens, n'est-ce pas... Rien à faire, le bonhomme ignore tout de la tombe de l'intendant. Notre guide, sûr de lui, nous entraîne dans une chapelle obscure, dans le fond droit de l'église. Je prends des notes, Patrick regarde dans tous les coins. C'est là. Où ça, là ? Là devant nous à nos pieds. Nous piétinons allégrement Pierre Poivre. Mais sous nos pieds, il n'y a rien. Du ciment, début du siècle, un autel saint-sulpicien version 1930. C'est ici, affirme notre ami : Pierrot-le-Manchot est là-dessous. On tape du talon pour lui dire bonjour. Pas de réponse. On se sent seuls, franchement ridicules. Poivre est de mauvaise humeur. On fait cinq cents kilomètres pour s'agenouiller, on accepte même qu'il n'y ait ni dalle, ni inscription, rien que du ciment gris, et Poivre ne salue même pas notre effort. Aïeul ingrat. On vient fêter le bicentenaire de ta mort et tu boudes... Crois-tu qu'ils seront nombreux, tes petits-enfants, à faire le déplacement ?

Patrick et moi, on est de tous les enterrements, de toutes les cérémonies, on a l'esprit de famille… pas bien récompensé. À Brignoles, au moins, on a eu droit aux condoléances. Pas ici. Deux petits Poivre moulus rendent hommage au grand Poivre vermoulu et personne ne s'émeut. *Confidences* n'est pas là. Et Pierrot à l'horizontale, trouvé au pendule dans cette église, qui nous ignore ! Un peu plus et je prendrais le parti de Bernardin-amant contre celui de Pierre-mari. Patrick écrase une dernière fois son talon sur le sol, claque des doigts et jure devant ce tas imaginé d'ossements secs : « Poivre en poudre ! » Sa voix résonne sous les voûtes, alerte le prêtre irascible… Allez, on file.

Dernière étape sous la brume, la rue Poivre. Poivre blanc. Poivre gris, plutôt, tant la ruelle est sinistre. C'est une rue d'arrière, personne n'entre de ce côté-là, une rue en coude (le bras droit de l'ancêtre ?) qui ne dépasse pas les cinquante mètres. Dans la nuit, pas une entrée, rien que des sorties de garages, d'entrepôts. Des vieilles baraques. Patrick s'imagine une enfance dans ce couloir immonde : un gosse qui vit rue Poivre et ne sait pas qui se cache derrière la plaque bleue. Qui écrit sur ses carnets scolaires, enfant Poivre, rue Poivre, Lyon. Une tête apparaît à l'unique fenêtre éclairée de notre avenue Foch : un vieux pointe son nez contre le carreau du deuxième étage et reconnaît Patrick à la lueur d'un réverbère chétif. L'effarement se lit sur son visage creusé par l'ennui de toute cette vie passée à regarder l'activité médiocre d'une rue morte. Il ne comprend pas, croit rêver, écarquille les yeux, appelle sa vieille : Poivre est dans Poivre ! Tout est dans tout. J'imagine la stupeur qui envahit son cerveau paralysé : en un quart de seconde il imagine que Patrick reprend ses droits sur la rue qui porte son nom, que demain il procédera aux expropriations d'usage. Mais le bonhomme se trompe : des rues Poivre, il y en a trois ou quatre dans le monde. À Port-Louis. À Bruxelles, derrière la grand-place, une rue Poivre d'à peine vingt mètres où personne ne vit ; là non plus il n'y a ni numéro ni porte...

Le plus gêné dans l'affaire, c'est Patrick. Il veut déguerpir : au passage, je note, 3, rue Poivre, Esdamu, marchand de peaux ; à l'angle de la rue et de la place Sathonay où deux lions en pierre veillent, un commissariat de police. On ne sait jamais... Un esclandre, rue Poivre ! L'esclandre avant de s'engouffrer dans la voiture, pour regagner l'autoroute dans la purée de pois, c'est nous qui avons failli le provoquer : sur la place Sathonay, j'aperçois une statue. Je cours vers la silhouette tronquée de Pierre Poivre. Encore une déception. Sur le socle : Blandan, né à Lyon en 1819. Blandan ?

Ce Blandan de malheur fut notre dernière vision de la ville. Dans la voiture, entre deux lambeaux de coton, les frères s'esclaffent. C'est à qui rira le plus de l'autre. L'absurde est consommé. Et dimanche est fini.

À Paris, sur les boulevards périphériques, avant de me quitter, Patrick s'exclame : « Et la tombe de Madame Poivre. On a oublié la tombe de Madame Poivre ! »

La tombe de Mme Poivre, c'est toujours la même histoire. On oublie toujours de la chercher. Pour nous, les femmes de la famille, ça ne meurt pas. Seuls leurs amours, leurs frasques, leurs chagrins nous intéressent. Les femmes ne font pas de vieux os, chez les Poivre. C'est leur chair qui nous plaît. Alors, la tombe de la petite amoureuse rétive de Bernardin, on ne cherche pas. Virginie est sous le sable, dans le lagon. Dans le roman. C'est pareil pour notre sœur : sous les pavés de Lyon, la plage de Maurice. Et sous la plage, Patrick, ta jumelle Virginie. Notre île sœur.

Et si Soufflot est bien venu jusqu'à La Freta pour faire de la maçonnerie, nous sommes à Paris dans sa rue. À deux pas du Panthéon et de l'*Hôtel des Grands Hommes* : il paraît qu'il y a encore des chambres libres. Soufflot, avec tous les morts qu'on a sur la conscience, Patrick et moi, on te le remplit ton Panthéon…

Épilogue

Le 27 juin 2003 à 20 heures, on donna le *Requiem* de Fauré dans la cathédrale surchauffée du Vieux Nice, Sainte-Réparate. C'était la première fois que je revenais en ces lieux, vingt-deux ans après l'enterrement de notre grand-père Numa. Les visages étaient moites et les âmes confites. Je me suis rafraîchi à l'eau bénite et j'ai laissé le *Requiem* couler en mes veines. Pour ma mort, je préférerais celui de Mozart.

J'ai pensé à celle d'Olivier. Je voudrais ne pas être là, être parti depuis longtemps. À celle de mes parents aussi, qui arrivera trop vite. Il y a trois mois, avec mon frère, nous avons su ce que serait le visage mortuaire de notre père. Il avait été victime d'un malaise à Reims au soir de l'inauguration de la rue Jean-d'Arvor (tout arrive, il suffisait de le vouloir très fort, il y a vingt ans). C'était jour de fête pour la famille. Papa était heureux. Le nouveau patriarche, c'était lui. Il présidait les libations de ce samedi glorieux. Sa face a blêmi soudain et tout en lui s'est immobilisé pendant deux longues minutes. Pétrifiée, Maman ne disait rien mais quelques minutes à peine après que son mari eut retrouvé ses esprits, elle s'évanouissait à son tour. Pour la première fois de sa vie. Ces deux-là ne se lâcheront pas d'une semelle. Les deux frères non plus. Ni la sœur. Frères et sœur. Poivre et celte. Granitiques.

Patrick

Table

PROLOGUE
Il y a deux cents ans 11

Première partie : *Un air de famille*
 (Jean-Baptiste d'Arvor) 13

Deuxième partie : *L'Île sœur*
 (Françoise Poivre) 143

ÉPILOGUE 215

Œuvres de Patrick Poivre d'Arvor :

MAI 68, MAI 78, Seghers, 1978, essai.
LES ENFANTS DE L'AUBE, Lattès, 1982, roman.
DEUX AMANTS, Lattès, 1984, roman.
LA TRAVERSÉE DU MIROIR, Balland, 1986, roman, Fayard, 2006.
LES DERNIERS TRAINS DE RÊVE, Le Chêne, 1986, essai.
RENCONTRES, Lattès, 1987, essai.
LES FEMMES DE MA VIE, Grasset, 1988, essai.
L'HOMME D'IMAGE, Flammarion, 1992, essai.
LETTRES À L'ABSENTE, Albin Michel, 1993, récit.
LES LOUPS ET LA BERGERIE, Albin Michel, 1994, roman.
ELLE N'ÉTAIT PAS D'ICI, Albin Michel, 1995, récit.
ANTHOLOGIE DES PLUS BEAUX POÈMES D'AMOUR, Albin Michel, 1995, essai.
UN HÉROS DE PASSAGE, Albin Michel, 1996, roman.
LETTRE OUVERTE AUX VIOLEURS DE VIE PRIVÉE, Albin Michel, 1997, essai.
UNE TRAHISON AMOUREUSE, Albin Michel, 1997, roman.
PETIT HOMME, Albin Michel, 1999, roman.
L'IRRÉSOLU, Albin Michel, 2000, roman, Prix Interallié.
UN ENFANT, Albin Michel, 2001, roman.
J'AI AIMÉ UNE REINE, Fayard, 2003, roman.
LA MORT DE DON JUAN, Albin Michel, 2004, roman, Prix Maurice Genevoix.
CONFESSIONS, conversations avec Serge Raffy, Fayard, 2005, récit.

L'ÂGE D'OR DU VOYAGE EN TRAIN, Le Chêne, 2006, livre illustré.
S'ENGAGER, Fayard, 2007, récit.

Avec Éric Zemmour

LES RATS DE GARDE, Stock, 2000, essai.

Avec Yann Arthus-Bertrand

UNE FRANCE VUE DU CIEL, La Martinière, 2005, livre illustré.

Avec Olivier Poivre d'Arvor

LE ROMAN DE VIRGINIE, Balland, 1985, roman.
LA FIN DU MONDE, Albin Michel, 1998, roman.
COURRIERS DE NUIT, Mengès, 2002, livre illustré.
COUREURS DES MERS, Mengès, 2003, livre illustré.
PIRATES ET CORSAIRES, Mengès, 2004, livre illustré.
LA LÉGENDE DE MERMOZ ET DE SAINT-EXUPÉRY, Mengès, 2004, essai.
RÊVEURS DES MERS, Mengès, 2005, essai.
LES AVENTURIERS DU CIEL, Albin Michel Jeunesse, 2005.
CHASSEURS DE TRÉSORS ET AUTRES FLIBUSTIERS, Mengès, 2005, livre illustré.
LE MONDE SELON JULES VERNE, Mengès, 2005, livre illustré.
DISPARAÎTRE, Gallimard, 2006, roman.
LAWRENCE D'ARABIE, LA QUÊTE DU DÉSERT, Mengès, 2006, livre illustré.

Œuvres d'Olivier Poivre d'Arvor :

L'APOLOGIE DU MARIAGE, La Table Ronde, 1980, essai.
FLÈCHES, La Table Ronde, 1981, récit.
FIASCO, Balland, 1983, roman.
CÔTÉ COUR, Balland, 1986, roman.
LES DIEUX DU JOUR, Denoël, 1988, essai.
VICTOR OU L'AMÉRIQUE, Lattès, 1990, roman.
LES PETITES ANTILLES DE PRAGUE, Lattès, 1994, Prix du meilleur livre européen, roman.
LE CLUB DES MOMIES, Grasset, 1996, roman.

Le Livre de Poche
www.livredepoche.com

- le **catalogue** en ligne et les dernières parutions
- des **suggestions de lecture** par des libraires
- une **actualité éditoriale permanente** : interviews d'auteurs, extraits audio et vidéo, dépêches…
- **votre carnet de lecture** personnalisable
- des **espaces professionnels** dédiés aux journalistes, aux enseignants et aux documentalistes

Composition réalisée par PCA

Achevé d'imprimer en octobre 2009 en Espagne par
LITOGRAFIA ROSÉS
Gavá (08850)
Dépôt légal 1re publication : novembre 2009
LIBRAIRIE GÉNÉRALE FRANÇAISE – 31, rue de Fleurus – 75278 Paris Cedex 06

31/2413/8